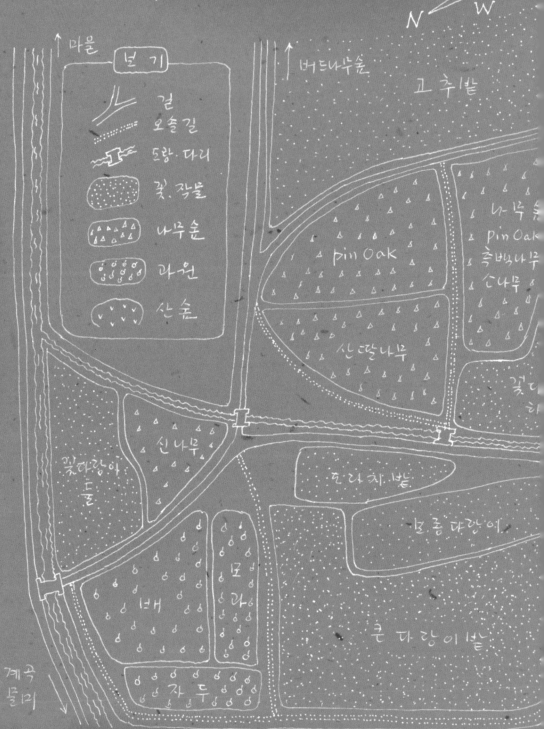

나래실 아침농원
LAYOUT NO SCALE

보기

길
오솔길
도랑·다리
꽃·작물
나무숲
과원
산숲

마을
버드나무숲
고추밭

나무숲
pin Oak
측백나무
산나무

pin Oak
산딸나무

꽃·다리

신나무

꽃다랑이 돌

도라지밭

보종다랑이

배

모
과

큰 다랑이밭

자두

계곡 물가

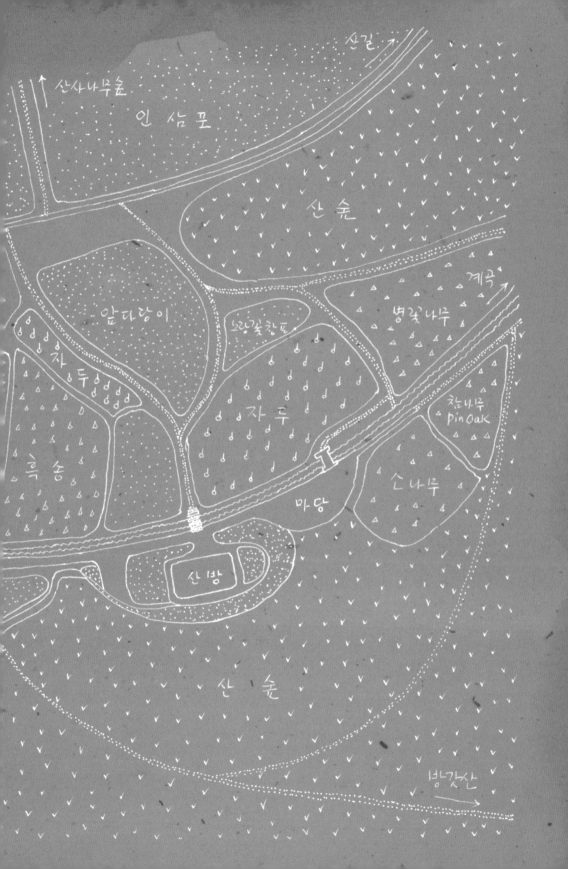

주말엔 산촌으로 간다

주말엔 산촌으로 간다

이순우 지음

솔오두막

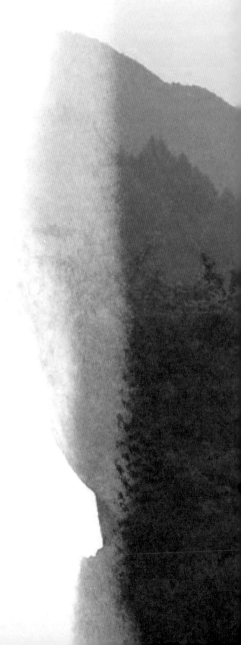

주말엔 산촌으로 간다

초판 1쇄 찍음 | 2006년 7월 15일
초판 1쇄 펴냄 | 2006년 7월 20일

지은이 | 이순우
만든이 | 나무선
펴낸이 | 최정환

펴낸곳 | 도솔오두막
등록 1989년 1월 17일(제1-867호)
마케팅 | 양승우, 정복순, 이태훈
업무관리 | 최회은
도솔오두막은 「도솔」과 「오두막」이 함께 자연과 더불어 사는 책을 펴냅니다.

만든 곳 | 오두막
출판감독 | 나무선
책임교정 | 임정연
북디자인 | 나인플러스
본문사진 & 일러스트 | 이순우
웹지원 | 키움소프트 조원면
필름출력 | 스크린
인쇄 & 제본 | 상지사

주소 | 강원도 원주시 흥업면 매지리 234 연세대학교 BI센터 102
전화 | 033-762-7148
팩스 | 033-762-7148
홈페이지 | www.dosolodumak.com
E-mail | editor@dosolodumak.com
ⓒ 2006. 이순우

❈ 값은 표지에 있습니다.
ISBN 89-7220-711-× 03810

되돌아온 마음의 고향,
두메산골의 나래실 아침 농원

나래실

마을의 이름이 왠지 모르게 마음에 든다.

강원도 두메산골의 한갓 외진 지역. 지방도로에서 벗어나 십여 리 계곡을 낀 길을 따라 사십여 호쯤의 농가가 드문드문 마을을 이루고 있는 산촌마을의 이름이 나래실이다. 지도에는 나와 있지 않지만 마을 안쪽으로 깊숙이 들어가면 우뚝한 산봉우리 하나가 높다랗게 솟아 있고 이 봉우리의 양쪽으로 흘러내리는 산자락이 아담한 능선과 계곡을 길게 이어 주고 있다.

나래실이라는 마을 이름에서 풍겨나는 포근하고 살가운 느낌도 좋지만 마을의 모습이 내가 살던 어린 시절 농촌의 모습과 크게 다를 바가 없어 보인다는 점이 또한 마음에 와 닿는다.

그간 우리의 모든 마을의 모습이 많이도 변했지만 이곳 나래실은 별다르게 변한 것이 없는 순수한 농촌의 모습을 하고 있다. 마을길을 따라 오르면 이내 막다른 산이 나오는 두메산촌이기에 다행히 이곳까지는 이렇다 할 변화의 손길이 미치지 않았을 것이란 생각이 든다.

나래실아침농원

주말의 하루 내지 이틀의 시간을 보내며 새로운 내 삶의 한 부분을 살아가고 있는 곳이다. 언젠가는 되돌아올 것이라 생각하고 있었던 어린 시절 고향의 느낌이 살아 있는 곳 나래실아침공원. 오 년 전 이곳에 나무와 풀꽃을 가꾸어 기를 수 있는 얼마간의 거친 야생 농지와 한 채의 조립식 산방을 마련했다. 꿈에 그리던 '산촌 농원'을 마련한 셈이었다.

　농원은 십리쯤 계곡의 굽이진 마을길을 올라오다가 마을이 끝나는 곳에서 포장이 되지 않은 길을 오백여 미터 더 올라와야 하는 외진 곳에 위치해 있다. 이십여 년 전까지만 하더라도 근처에 여러 가구의 사람들이 살았던 곳이라고는 하지만 지금은 농원 건너편에 훌쩍 떨어져서 집이 한 채 있을 뿐이다.

　농원 바로 뒤쪽으로는 마을 사람들이 '방갓산'이라고 부르는 산봉우리가 불쑥 솟아 있고 계곡을 따라 쭉 경사진 농원 아래쪽으로 훤하게 트인 먼 동편 하늘 아래에는 높은 산봉우리들이 겹을 이루고 있는 산등성이 펼쳐져 있다.

　언제나 새로운 모습으로 떠오르는 나래실의 아침 해는 먼 동편 산봉우리 위로 힘차게 솟아올라 농원에 한결같이 눈부신 빛을 뿌려 준다. 아침의 기운이 더욱 상서롭게 느껴지고 또 아침 농원의 모습이 그 어느 때보다도 아름다워 보이는 농원. 그래서 나는 이 산골 마을 산촌 농원의 이름을 나래실아침농원이라 부른다.

어린 시절에 살았던 농촌의 고향 산천을 떠난 지 삼십여 년 만에 다시 마음속에 그리던 산촌의 고향으로 되돌아온 것 같다.

자랑할 것이라고는 아무것도 없었던 나의 고향. 먼 대도시에 떨어져 나와 살고 있으면서 고향을 찾으려면 가족을 데리고 몇 번씩이나 버스를 갈아타야만 했던 불편이나 농촌에서 고단하게 살아가고 계신 부모님의 삶을 지켜보면서 하루 빨리 농촌을 떠나는 것이 좋겠다는 생각은 아마도 내가 먼저 하고 있었을지도 모른다.

일찍부터 도시에 나와 살면서 사실 먼 산골 농촌에 고향을 두고 있다는 것에 대해 도시에서 태어난 친구나 사람들과 비교해 보면서 부끄러움을 느낀 적이 많았다. 1970년대 초 버스가 마을에 들어오기 전까지만 하더라도 십리가 넘는 길을 걸어다녀야만 했던 고향 길. 1970년대 중반이 넘어서야 보급된 전화와 텔레비전. 나의 고향인 농촌은 그야말로 촌스럽고 뒤떨어진 곳이 아닐 수 없었다.

그러나 나의 고향이 마음속에 다시 따뜻하게 살포시 찾아들기 시작한 것은 나이가 삼십대 후반으로 넘어서기 시작하면서였던 듯싶다. 그저 앞만 보고 살아오면서 잊고 있었던 것들, 버리고 나서야 다시금 새롭게 그리워지는 것들, 이런 것들이 마음속에 되살아나며 나에게도 고향다운 고향이 있었음을 새삼 깨닫게 되었던 것이다. 더 이상 나의 고향이 산골 농촌이라는 것에 부끄러움을 느끼지 않으면서 이야기를 나눌 수 있었고, 되돌아보면 철모르던 어린 시절 농촌에서의 삶이 마냥 즐겁고 아름다운 추억으로 가슴속 깊이 아로새겨져 있음을 알게 되었다.

그때의 그곳은 아니지만 이제 나의 마음은 옛날 그 고향으로 되돌아온 셈이다. 산과 물, 숲과 나무가 있고 들과 풀꽃이 있으며 사시사철 아름답게 변화하는 사계절을 가까이에서 느낄 수 있는 곳으로 되돌아온 것이다.

그러나 이곳은 내 어린 시절의 고향 추억만 있는 곳은 아니다. 그간 내가 키워 왔던 소박한 꿈을 펼칠 수 있는 새로운 삶의 터전이기도 하다. 지명知命의 나이에 접어든 사람이 무슨 꿈이 있겠느냐고 반문을 한다면 모르겠지만 이곳 산촌 농원은 장년 이후의 소박한 삶의 사랑을 쏟아 넣고 싶은 곳이기도 하다.

그와 같은 여유와 또 다른 삶의 의미를 나는 이곳 두메산골의 산촌 농원에서 찾으려 하고 있다. 자연의 아름답고 순수한 모습, 자연이 우리에게 안겨 주는 은혜로움과 경이로움, 우주의 온갖 생명체들이 힘껏 다투되 더불어 살아가는 질박한 성경, 몸소 땀 흘려 일하면서 느끼는 보람과 즐거움, 이런 속에서 갖게 되는 진정한 안식과 충만한 느낌, 지극히 평범하지만 매우 소중한 것들, 우리가 잊고 지내지만 쉽게 다시 찾아낼 수 있는 아름답고 귀한 것들을 말이다.

지난 삼 년여 동안 농원을 오가며, 또 농원 일을 하고 농원의 오솔길을 거닐기도 하며 보고 느끼고 생각했던 이런 저런 것들을 시간이 나는 대로 틈틈이 적어 두고는 했다. 자연의 일상적인 모습, 그 속에서 하찮은 듯이 일어나고 있는 작은 것들 하나하나를 애정 어린 눈길로 관심 있게 지켜보았다.

이런 삶의 방식이나 내가 가졌던 느낌과 생각은 오로지 나의 것일 수밖에 없다. 그러나 얼마 전까지만 하더라도 내가 그랬던 것처럼 바쁜 도시 생활 속에서 쉽게 자연을 접하기 어려운 사람들, 그러나 자연과의 교감을 통해 마음의 여유를 찾으려고 노력하는 사람들과 한 권의 책 속에서나마 그 느낌과 생각을 함께 나누어 보고 싶은 욕심에서 이를 나름대로 정리해 보았다.

이런 나의 생각이 누구나가 마음속에 그리고 있는 고향에 대한 살가운 추억을 되살려 내고 아름답고도 풍성한 서정과 감성을 일깨워 줄 수 있기를 기대해 본다. 또 내가 꿈꾸고 있는 '초록 동네'와도 같은 자기만의 꿈의 마을을 가꾸어 보고 싶어하는 이들에게 작게나마 밝고 희망찬 용기를 불어넣어 줄 수 있었으면 좋겠다.

내가 이런 다행스런 선택을 할 수 있도록 용기를 북돋아 주고 이런 삶의 방식에 변함없는 성원을 아끼지 않는 경환이 형님과 형수님에게 먼저 감사의 말씀을 드린다. 쑥스럽기는 하지만 농원을 가꾸어 나가는 데 참으로 많은 손길을 보태 주면서 항상 곁을 지켜 주는 아내에게도 고마움을 전하고 싶다. 또 그 많은 날들을 불평 한마디 던지지 않고 나를 먼 농원까지 편리하게 오갈 수 있게 해주는 자동차에게도 고맙다는 말을 꼭 해주고 싶다.

이곳 두메산골 나래실에서 숨쉬는 나의 정다운 농원 가족에게 이 책을 바친다.

2006년 한여름날 나래실아침농원에서   이순우

주말엔
산촌으로
간다

나래실 아침농원
NO SCALE

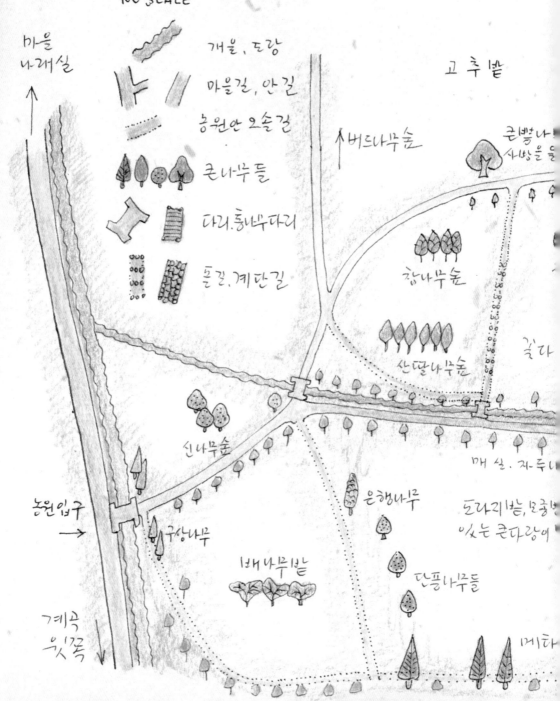

마을
나래실

개울, 도랑

마을길, 안길

농원안 오솔길

큰나무들

다리, 통나무다리

돌길, 계단길

고추밭

↑ 버드나무숲

큰밤나
사랑을 두

참나무숲

산딸나무숲

갯다

신나무숲

매실, 자두나

농원입구 →

구상나무

은행나무

도라지밭, 모종빝
있는 큰다랑이

배나무밭

단풍나무들

계곡
윗쪽

메타

나래실의
봄 여름
가을 겨울

나래실의 봄과 여름, 그리고 가을과 겨울

여기에 이어서 다시 찾아오는 또 다른 봄 그리고

그 모습을 끊임없이 변화시키며 나래실을 품어 안는

많은 계절을 한마디로 아름답다고만 표현하는 것은

무엇인가 많이 부족하다는 느낌이 든다.

아직도 때 묻지 않은 두메산촌 그대로의 숨결을

간직하고 있는 나래실에는 계절마다 색다른 모습으로 찾아드는

햇빛과 바람, 비와 눈, 구름과 안개, 한밤의 별과 어둠,

수많은 생명체들의 다양한 삶이 어우러져

경이롭고도 아름다우며 평화롭고도 역동적인

대자연의 향연을 쉬지 않고 펼쳐낸다.

무구한 자연의 정취가 어린 시절 고향의 추억을

되살려 주고 아직도 우리 마음속에 살아숨쉬는

가녀린 감성과 곱다란 서정을 일깨워 준다.

노래실

봄 春
이야기

버들, 봄을 일깨워 주다

집 앞으로 흐르는 도랑가 곳곳, 산 섶 여기저기에 버들이 자라고 있다. 일부러 심은 것이 아닌데 스스로 퍼져 대충 자리를 잡은 것들이다. 별반 눈여겨본 것도 아닌데 겨우내 종종 심심찮게 버들이 쉽게 눈에 들어왔다.

나무의 키나 덩치가 크거나 별다른 특징이 있는 것도 아닌데 한껏 허한 겨울 농원에서 유독 눈길을 끄는 데는 그럴 만한 이유가 없지 않을 것이다. 한겨울임에도 유난히 매끄러운 나무의 표피가 돋보이는 데다 초겨울부터 키우기 시작한 버들강아지의 모습이 봄이 찾아오기도 전에 은빛 혹은 노랑 연둣빛으로 아련히 묻어나고 있기 때문이다.

여기저기 흔하게 흩어져 있어 대수롭지 않게 보아 넘겼는데 한겨울 일찍부터 조금씩 꽃눈을 틔워 황량하기만 한 산촌 농원 구석구석을 환하게 밝혀 주는 것이 아닌가. 이른 봄 일찍 어두운 산 숲 속을 환하게 만들어 주는 생강나무보다도 훨씬 먼저 그처럼 화사한 노랑빛은 아니지만 밝고 고운 새봄의 한줄기 기운으로 농원에 이른 봄소식을 가져다주고 있다.

작고 보드라운 복슬버들강아지를 감쌌던 적갈색의 얇은 피막이 조금씩 더 크게 자라오르는 버들개지에 밀려나 바람이 불면 곧 떨어져 나갈 듯한 모습으로 매달려 있다. 짙은 회색으로 작은 봉오리를 이루던 버드나무 꽃눈은 이제 은회색이 밝게 빛나는 모습으로 버들가지를 줄줄이 감싸 오르고 있다. 앞으로 며칠 안에 활짝 필 은회색 버들개지는 새봄의 꽃이 만들어 내는 가장 눈부신 빛을 뿌릴 것이다.

집 앞 도랑가에 제법 많은 가지를 벌리고 있는 버드나무는 옅은 연둣빛이 묻어나는 노랑색 버들개지를 키우고 있다. 며칠만 있으면 채 봄이 찾아들기도 전에 보란 듯이 어느 봄꽃보다도 화사한 나무 꽃을 피울 것이다. 거칠기만 한 늦겨울의 농원에 때 이른 부드러움과 따스함을 가져다준 버들의 모습에 감동을 받아 여기저기에서 아무렇게나 자라고 있는 버들을 보다 눈여겨보기 시작했다.

버들 하면 아주 어린 시절 버들피리를 만들어 불던 추억의 버드나무라고 할 수 있다. 하지만 농원에서 새롭게 버드나무를 접하기 전까지는 정말로 까마득하게 잊고 있었던 먼 옛날의 한 조각 희미한 느낌만이 남아 있을 뿐이었다. 그리고 간혹 어느 마을길이나 고궁에서 나뭇가지를 길게 늘어뜨리고 있는 수양버들을 본 정도가 버드나무에 대한 기억의 전부였다고 해도 과언이 아니다. 언젠가 한번 치악산 자연 휴양림에서 하루를 묵었던 날, 계곡을 따라 마루턱까지 산길을 올랐을 때 보았던 도랑 주변의 산버들 모습이 인상적이다 싶었던 기억이 있기는 하다.

하지만 버드나무를 주의 깊게 뜯어보면서 나무마다 조금씩은 잎이나 버들개지의 모습이 다르다는 것을 알게 되었다. 아마도 같은 버드나무류의 나무들 사이에서는 쉽게 수정이 이루어져서 많이 다르거나 조금씩 다르기도 한 또 다른 종류의 버드나무가 태어나는 것이 아닌가 하는 생각이 들었다.

그런데 식물도감에 나와 있는 버드나무의 종류를 보고 나서는 큰 보물을 발견한 것과도 같은 흥분이 일었다. 이토록 많은 버드나무의 이름이 있다니! 우리나라에 뿌리 박고 살고 있는 나무 중에서 아마도 이만큼 다양한 종류의 이름을 가진 나무는 많지 않으리라는 생각이 들었다. 누군가가 애써 밖에서 들여왔을 만큼 아름다운 꽃나무도 아니고 수목으로서의 가치도 별반 있어 보이지 않는 점으로 미루어 본다면 아마도 잡초와 같이 천덕꾸러기 나무로 우리 산하에 그럭저럭 뿌리를 내리고 살아온 듯싶다.

버드나무가 우리 토종의 나무로 느껴지는 것은 그들이 가지고 있는 질박하면서도 익살스러운 정과 재치가 듬뿍 느껴지는 토박이 이름들 때문이다. 긴잎자매버들, 매자잎버들, 쌍실버들, 여우버들, 긴잎여우버들, 내버들, 누운갯버들, 왕버들, 털왕버들, 갯버들, 떡버들, 긴잎떡버들, 호랑버들, 좀호랑버들, 개키버들, 섬버들, 뚝버들, 키버들, 고리버들, 분버들, 쪽버들, 누운산버들, 진퍼리버들, 난장이버들, 반짝버들, 능수버들, 가는잎꽃버들, 좀꽃버들, 육지꽃버들, 좀분버들, 콩버들, 큰산버들, 털큰산버들, 닥장버들, 꽃버들, 당기버들, 참오글잎버들, 선버들, 들버들, 붉은키버들, 긴잎꽃버들, 용버들, 새양버들, 노란버들, 양버들, 당버들, 수양버들, 개수양버들, 산버들……

이것 말고도 수원버들, 문산버들, 강계버들, 백산버들, 제주산버들 따위와 같이 지방 명칭이 들어가 있는 이름도 적지 않다. 무려 오십여 개나 되는 많은 종류의 버들이 있음을 알 수 있다.

이토록 다양한 버드나무가 이 땅에서 자라나고 있다는 사실이 별다른 이유 없이 대견스러우면서도 누군가가 이들 모두에게 일일이 이름을 지어 주었다는 것이 가상하다는 생각이 들기도 한다. 또 이렇게 많은 이름을 알고 나니 버드나무와 갑자기 아주 친해진 듯한 느낌이 들기도 하고 아무렇게나 자라고 있는 나무들 한 그루 한 그루 모두가 나름대로 귀한 삶을 살아가고 있는 생명체라는 사실을 다시금 깨닫게 되는 것도 같다.

어린 시절 절반 이상의 놀이터가 되어 주었던 섬강의 갯가엔 키 작은 갯버들이 아주 흔하디흔하게 자라고 있었다. 버들의 가짓수가 많다는 사실을 알고 나니 그 갯가에 자라던 버들이 무슨 버들이었을까 하는 호기심이 생긴다. 갯버들일까 누운갯버들일까? 들버들 아니면 긴잎여우버들이었을까?

그때 우리는 봄장마가 져서 나무 섶 다리가 떠내려가기도 전에 떼를 지어 갯가로 몰려가고는 했다. 눈 녹은 물이 흘러내려 뼛속이 에일 듯이 차가웠던 큰 개울물을 마다하지 않고 그 속에서 물고기를 잡기도 하고 매끈하게 물이 오른 버들가지를 잘라 버들피리를 만들어 불고는 했다.

우리가 갯가로 몰려나가 버들피리를 만들던 그 무렵은 아직 봄기운이 완연치 않은 이른 봄이었던 것 같다. 곱은 손을 호호 불면서 내가 버들피리를 만들 차례를 기다리며 추위에 많이도 떨었던 기억이 선명하게 남아 있기 때문이다. 형들이 먼저 버들피리를 만들고 난 한참 뒤에야 가까스로 우리 차례가 왔다. 깔끔한 피리를 만들 수 있을 만큼 예리한 날이 있는 칼은 귀하기도 했지만 형들이 먼저 차지해서 내 차례가 돌아올 수 있을지 반신반의하며 적지 않은 시간을 애타게 기다려야만 했던 기억이 난다.

흠뻑 물이 올라 윤기가 흐르는 매끈한 버들가지의 가는 쪽 한 곳을 단칼에 잘라낸 뒤 적당한 길이에서 나무껍질을 도려내고 껍질과 나무줄기가 서로 떨어지도록 조심스럽게 일렁이게 하면 쉽게 통으로 된 버드나무 껍질을 뽑아낼 수 있었다. 벗겨낸 버드나무 껍질의 양끝 부분에 홈이 없도록 다시 양끝 부분을 일부 잘라내고 나서는 한쪽 끝 부분의 질긴 속껍질만 남기고 겉껍질을 섬세한 손길로 벗겨냄으로써 좋은 버들피리를 만들 수 있었다. 얇게 다듬어진 속껍질은 말하자면 클라리넷의 혀와 같은 기능을 해서 그곳에서 피리 고유의 소리가 만들어졌다.

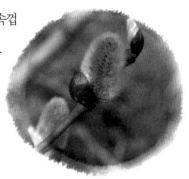

여러 가지 크기로 만들 수 있었던 버들피리는 그 굵기와 길이에 따라 소리가 달랐다. 굵직한 버들가지로 만든 피리는 우직한 저음의 소리를, 가늘게 매초롬한 가지의 녀석은 높고 맑은 음의 소리를 냈다. 같은 굵기라 하더라도 짧은 길이의 피리는 짧게 터진 소리를 내고 긴 녀석은 된소리를 냈다. 버들피리로 음의 높낮이를 조절해서 소리를 내기는 어려웠기 때문에 이것으로 음악적인 멜로디를 만드는 것은 쉽지 않았다. 한껏 높은 음으로 피리를 불어 친구를 놀라게 해주는 것이 버들피리로 부릴 수 있는 기교의 전부가 아니었던가 싶다.

도랑가에 한창 물을 머금어 올리고 있는 버드나무를 보며 옛 고향의 너른 개울가에서 버들피리를 만들며 뛰놀던 어린 시절의 아련한 기억을 하나의 정취 있는 추억으로 되새겨 본다. 언젠가 다시 그런 마음으로 버들피리를 만들어 불어 볼 수 있을까.

농원에 있는 산버들로 피리를 만들 수 있을지는 잘 모르겠다. 만들 수 있다 하더라도 아직은 좀 철이 이른 것 같다. 농원에서 버들피리를 만들 수 있는 초봄이 되면 아마도 농원은 가장 바쁜 시기에 접어들게 될 것이다. 그럼 지난해처럼 또 잊고 때를 지나치게 될 것만 같은 생각이 든다.

앞으로 한두 차례 더 눈이나 진눈깨비가 내릴지도 모른다. 겨울이 완전히 물러나려면 아직도 적지 않은 날수가 남아 있다. 하지만 버들개지를 통통하게 키우고 있는 도랑가, 산 섶의 버드나무들이 서둘러 봄을 깨우고 있다. 봄을 기다리는 마음이 버들처럼 저만큼 앞서간다. 📷

삼월의 봄

혹독히 춥고 눈도 많았던 지난 겨울은 그 꼬리가 유난히도 길었다. 늦은
눈이 이월이 다 가도록 여러 차례 짓궂게 내렸다. 봄이 과연 올까 하는 의
문이 들 정도로 겨울이 비척거렸다.

　　그러나 어김없이 순환하는 우주의 섭리는 겨울을 비켜 내고 새봄을 맞
이하고 있다. 삼월 중순까지만 해도 농원 여기저기에 남아 있던 잔설殘雪

이 모두 녹고 하루가 다르게 밝은 봄기운이 찾아들기 시작한다. 스치는 바람엔 냉기가 남아 있지만 온화한 햇살이 채 풀리지 않은 산야의 경직된 표피와 스러진 풀대, 회갈색 나뭇가지들을 살포시 어루만지고 있다. 따사롭고 화사하며 생기와 발랄함이 가득 차오르는 새봄. 하지만 삼월의 봄은 기진氣盡한 모습으로 시작한다.

곧 새싹에 자리를 양보하고 완전히 스러져 버릴 마른 풀대와 덤불은 긴 겨울을 나며 발색된 무채색의 모습으로 널브러져 있다. 겨울눈을 키우며 길고 긴 겨울을 견뎌 온 나무는 모진 추위와 바람, 차디찬 늦눈을 이겨 내느라 힘에 겨웠던지 나뭇가지의 모습이 꺼칠하다. 농원을 둘러싸고 있는 숲도 잿빛으로 음산하게 가라앉아 있다. 연중 그들의 모습을 가장 적나라하게 드러내고 있는 땅거죽은 칙칙한 색깔의 무거운 느낌을 안겨 준다.

혼신의 힘을 다해 힘겹게 견뎌 냈던 겨울이라는 한 계절의 잔영殘影이 삼월의 산야에는 짙게 배어 있다. 따사로움이 느껴지는 햇살을 제외하고는 모든 것들이 지쳐 고단한 모습을 하고 있는 것만 같다.

누군가가 사월을 '잔인한 달'이라고 시에 썼지만 아마도 우리의 산하는 그보다는 한 달을 앞당겨 삼월을 가장 잔인한 달로 견뎌 내야만 할 것 같다. 훌쩍 떠나지 못하는 겨울이 조심스레 찾아드는 봄을 시새움하는 통에 이를 기다리는 생명을 가진 모든 것들은 탈진하기 일보 직전에서 삼월

한 달을 조바심하며 참아 내야 하기 때문이다. 좀 더 따뜻하고 화기로운 완연한 봄을 목마르게 기다려야 하는 삼월이야말로 자연에게는 충분히 잔인한 달이다.

그런가 하면 삼월은 눅진하다. 얼어붙었던 농원의 대지는 따사로움이 깃든 폭신함을 안겨 주기 전에 눅눅하고 질척한 느낌을 우리 발길에 전해 준다. 깊숙이 얼어붙었던 땅이 따뜻한 햇볕에 풀리기 시작하면서 마지막 남아 있던 겨울 기운이 땅거죽부터 서서히 함몰되기 시작한다.

그러나 봄의 새 생명들이 쉽게 솟아오를 수 있을 만큼 땅이 금세 폭신하고 부드러워지는 것은 아니다. 녹아내리는 표토表土의 물기는 땅속 한두 치 아래 아직은 딱딱하게 얼어붙어 있는 동토凍土 아래로 스미지 못하고 땅거죽을 척척하게 만들어 버린다. 한밤이 되면서 기온이 영하 근처로 뚝 떨어지면 지표에 어려 있던 습기가 다시금 살짝 얼어붙었다가 새 아침 좀 더 따사로운 햇살이 퍼지면 이내 녹아내려 또다시 눅진해지곤 하는 땅거죽 보풀리기 작업을 삼월 하순에 접어들 때까지 반복한다.

눅진한 것은 땅거죽이 아니다. 농원 곳곳에 끝까지 남아 있던 잔설이 녹으며 흘러내린 물이 산 섶, 도랑 섶을 축축하게 적신다. 삼월 늦게까지도 간혹 흩뿌리는 봄눈은 땅을 촉촉이 적시면서 땅속으로 깊게 스며드는 봄비와 달리 이내 녹아 버리며 땅거죽을 질척하게 만든다. 기진해 있던 땅과 땅 위의 마른 풀은 이렇듯 쉬지 않고 되풀이되는 삼월의 결빙과 해동을 통해 부드럽게 부풀어 나기도 하고 완전히 스러져 땅으로 되돌아가기도 한다.

색감이나 모습에 별다른 변화가 없어 보이는 삼월의 봄은 이렇듯 은근하게 변화의 앓음앓이를 계속하며 봄을 맞아들인다. 그래서 삼월의 냄새는 코끝으로 맡는 것이 아니라 눈과 온몸으로 느끼게 된다. 차갑고 건조해서 다른 냄새를 느낄 수 없는 한겨울의 냄새와는 분명 다르게 부드럽고 감미로운 기운이 숨겨진 봄의 냄새가 은은하게 풍겨져 나오는 것이다. 하지만 삼월의 내음은 사월의 향기 나는 새싹이나 봄꽃이 뿌려 주는 풋풋하고 달콤한 내음은 아니다. 삼월의 내음 속에는 포근하지만 푸석하고, 따사롭지만 갈피를 잡지 못하는 차가운 바람의 숨결이 묻어 있다.

어찌 그 화기로운 봄이 단숨에 올 수 있겠는가? 농원의 봄은 이렇게 한 달여의 짧지 않은 진통을 겪고 나서야 방초芳草가 솟아오르고 신록新綠이 묻어나는 봄다운 봄을 맞게 된다. 기진하고 눅진한 삼월의 땅이 땅속 깊숙한 곳까지 퍼져 내려가는 봄기운에 압도되어 구수한 흙 냄새를 토해 내고 있다.

자우慈雨

한밤중부터 내리기 시작한 비가 아침까지도 이어지고 있다. 오 밀리미터 정도의 적은 비가 내릴 것이라는 일기예보를 듣고 공연히 불만스러웠는데, 아마도 봄비가 충분히 내렸으면 하는 마음이 컸던 때문인 듯싶다. 잠결에 들려오는 빗소리가 꽤나 소란스러워 기상청이 예상한 비보다는 좀 더 많은 비가 내리지 않을까 하는 기대를 잠결에서나마 해보기도 했다.

참으로 단비, 복福비가 아닐 수 없다. 어제 삼십여 그루의 벚나무를 심고 미덥지가 않아 조루로 물을 퍼다 직접 심은 나무 나무마다 물을 주었다. 헛고생을 했다는 생각이 들기도 하지만 그래도 이토록 듬뿍 비가 내리니 아니 좋을 수가 없다.

어제 저녁 늦게 일을 마치고 농원 안길을 올라오면서 지난주에 씨앗을 뿌려 놓은 도라지 밭이 뽀얗게 말라 있는 모습을 보며 안타까움을 떨쳐버릴 수가 없었다. 지난해도 씨를 뿌린 뒤 비가 내리지 않아 볏짚을 덮고 두 차례나 물을 길어다 뿌려 준 기억이 새로운데 올해도 좀처럼 내리지 않는 비에 하늘이 야속하다는 생각마저 들었다. 이 주 전쯤에 옮겨 심었던 소나무도 땅이 많이 건조해진 탓에 생기를 잃고 있었다. 무엇보다도 이때쯤이면 경쾌한 소리를 내며 흘러내려야 할 도랑물이 마지못해 졸졸거리며 힘겹게 흐르는 것을 보면서 지난해와 같은 긴 가뭄이 또다시 시작되는 것은 아닌가 하는 불안을 느끼지 않을 수 없었다.

밤새 내린 봄비를 흠뻑 머금은 나무, 나뭇가지, 새 풀싹은 이제 한결 더 밝은 빛을 띤다. 대지는 빗물을 몸 속 깊이까지 빨아들여 촉촉한 생기를 훈훈하게 발산하고 있는 것 같다. 비안개가 나래실 계곡, 작고 큰 산록 사이사이에 뿌옇게 솟아오르고 있다.

때맞춰 단비가 내리고 있다. 신이 온 누리에 축복을 내리고 있는 것이다. 신이 아니고서야 누가 대지 위의 모든 것들에게 이토록 골고루 생명의 감로수甘露水를 뿌려 줄 수 있단 말인가. 생명의 비가 대지뿐만 아니라 사람들의 가슴 속까지 따뜻하게 적셔 준다.

이십여 밀리미터쯤 비가 내렸다고 한다. 그새 방갓골 계곡으로 모여 불어난 도랑물이 제법 힘있는 소리를 내고 있다. 어제까지만 해도 쫄쫄대며 마지못해 물줄기를 잇던 도랑물이 콸콸 소리를 내며 빠른 속도로 흐르고 있다. 도랑 바닥에 곧추서 있던 마른 풀대는 흘러내리는 물살에 비껴 도랑 아래쪽으로 쓸리며 물에 잠겨 버렸다.

잔뜩 찌푸린 하늘을 보면 아마도 오전 늦게까지는 비를 뿌려 줄 것 같다. 덕분에 일을 거두고 집 안에서 쉴 수 있는 시간이 나겠지만 생기를 찾아 신신한 소생의 원기를 머금은 듯한 나무와 풀을 보면 그저 마음이 넉넉해지고 즐거워진다.

며칠 전 어느 산림 경제학자가 식목일을 앞두고 마련된 텔레비전 특강에서 숲이 우리에게 주는 경제적 효과가 오십조 원, 국민 일인당 약 백만 원에 달한다는 계량적인 설명을 한 적이 있다. 그냥 거저 살아가고 있다고 생각하는 처지에서 백만 원이라는 금액조차 결코 적은 것은 아닐 것이다. 물론 희소가치稀少價値를 전제로 하는 경제학에서야 이러 저런 계산을 해낼 수는 있을 것이다. 하지만 자연이 우리에게 주는 혜택을 어떻게 금전적인 수치로 계상計上할 수 있단 말인가. 숲과 자연이 만들어 주는 공기가 없다면 우리는 무엇과도 바꿀 수 없는 절대 가치라고도 할 수 있는 우리의 생명을 단 몇 분간도 부지할 수 없다는 사실을 너무도 잘 알고 있지 않은가.

이렇게 고맙게 내려 주는 비, 그저 아무런 보상도 없이 무한으로 비쳐 주는 햇빛, 바람과 물과 땅과 공기 그리고 무수히 많은 다른 생명체들, 어찌 이들을 숫자로 계산하여 돈으로 환산할 수 있단 말인가. 이들은 곧 우리의 근본根本이요, 우리 존재의 근원根源, 생명 그 자체이지 않은가.

수많은 꽃망울, 새순을 달고 있는 나뭇가지에 빗물이 영롱하게 맺혀 있다. 밝은 빛을 머금은 나뭇가지와 풀싹은 금세라도 쑥쑥 자라오를 것만 같은 충만한 기운을 품고 있다.

빗소리에 몇 번인가 잠에서 깨어나 그 보통의 반갑고 고마운 빗소리에 마음이 넉넉해졌던 간밤의 잠자리를 잊을 수 없다. 복비라고 했던가, 자우慈雨라고 했던가. 생명의 비가 고맙게 계속해서 내리고 있다.

붙잡아 두고 싶은 봄의 하루

제법 길었던 봄비가 간밤에 그쳤다.
흠씬하게 비를 맞은 농원의 모든 생명체는 주체할 수 없을 만큼 가득
하게 충천하는 생기를 발산하고 있다.

이른 아침 한때 농원 위쪽 방갓산 봉우리와 아래쪽 나래실 계곡 양쪽으로 부터 피어오르던 아침 안개가 걷히고 나자 농원은 간밤까지 내렸던 비 기운을 벗고 상큼한 봄의 운기를 품은 새로운 공간으로 태어나고 있다. 눈부신 아침 햇살에 채 마르지 않은 물기가 반짝거리고 연둣빛 푸름 위로 훈훈한 흙 냄새가 풍겨 오른다. 제법 불어난 도랑물이 도랑둑과 돌멩이에 부딪히며 경쾌하게 흐르고 있다.

땅 위에서 맞는 봄

풀꽃이 자라는 밭다랑이에는 구절초, 왕원추리, 붓꽃, 비비추, 산나리, 옥잠화, 벌개미취, 범부채 등 모든 야생초의 새순이 부드러워진 땅거죽을 고운 연둣빛으로 채색하기 시작하고 있다. 과수나무 아래 빈 밭에는 여기저기 노란색으로 피어 있는 산괴불주머니 무더기가 파릇하게 돋아나는 연두색 풀빛 가운데 두드러져 그 자태를 뽐내고 있다. 해가 잘 드는 언덕과 묵밭에는 잔잔한 잎새와 함께 연노랑의 작은 꽃을 피우기 시작한 꽃다지 무리가 땅 위에 아련한 아지랑이를 뿌리듯 은은히 퍼져 나가고 있다.

길가에서도 잘 자라는 질경이, 쑥, 토끼풀 따위도 일제히 새순을 올리기 시작하고 그늘진 언덕 부위에 살색 포자낭胞子囊을 수없이 올렸던 쇠뜨기도 파르스름한 풀싹을 본격적으로 밀어 올리고 있다. 지난 가을에 새순을 내서 겨울을 났던 달맞이꽃, 개망초 등의 풀꽃도 잎 무더기의 크기를 부쩍 키워 놓고 있다.

도랑둑에는 넝쿨딸기가 작은 잎새를 피움과 동시에 분홍빛 작은 꽃망울을 터뜨리기 시작하고 있다. 여기저기 연분홍 꽃잎을 벌린 모습이 눈에 띈다. 햇빛이 잘 들지 않는 언덕 아래에는 바이올린의 비틀린 머리 모양 같이 일제히 솟구치는 물고비들의 모습이 인상적이다. 'Fiddlehead' 라는 서양 이름이 이들의 모습을 잘 그려 볼 수 있게도 해주지만 은회색의 보드라운 털로 빤빤하게 뒤덮인 이들의 새순은 이내 하루가 다르게 손을 벌려 푸른 잎새를 키운다.

농원의 나무

몇 차례 비를 맞으며 꽃이 거의 다 져버린 매실나무는 이제 꽃잎을 몇 장 남겨놓지 않고 있다. 새 잎새와 꽃이 비슷한 크기로 가득하게 피어나는 자두나무의 꽃 무리는 지금이 바로 그 개화의 절정을 이루고 있다. 순백의 자두꽃은 새잎이 연둣빛으로 묻어나고, 그 새잎 순에는 백색의 꽃이 찾아들면서 신묘한 색채를 만들어 내고 있다.

꽃의 모양이 눈에 잘 띄지 않는 나무도 보인다. 날카롭고 야무진 잎 순을 내고 있는 느릅나무가 보일 듯 말 듯 한 작은 꽃을 함께 피우고 있다. 꽃의 색깔이 붉은색이어서 '홍단풍' 이라는 이름을 갖게 되었다는 단풍나무도 붉은빛 잎새와 잘 구분하기 어려운 짙붉은 꽃잎을 밀어내고 있다. 이른 시기에 옅은 노랑 버들개지를 꽃피웠던 버드나무는 일찌감치 그 꽃 크기만한 씨앗 꼬투리를 추스르고 있다.

뒤늦게 새잎을 내는 대추나무와 뽕나무만은 아무런 변화의 모습이 느껴지지 않지만 다른 모든 것들은 가는 눈길마다 새롭게 피어나는 잎과 꽃을 보듬어 내고 있다. 생강나무, 목련, 장미, 수수꽃다리, 개나리, 두충나무, 산수유나무, 모과나무, 꽃사과나무, 은행나무……. 그리고 오월이 되어 새순을 뻗고 송화송이를 만들며 솔가지의 잎 색이 무려지는 소나무도 이때만큼은 여느 새잎 순처럼 밝고 푸른색을 띤다.

농원을 둘러싼 숲

소나무 동산 건너편 산자락에는 커다란 산돌배나무의 새하얀 꽃이 새잎이 파릇하게 돋아나는 나뭇가지 사이로 구름처럼 피어나고 있다. 며칠 사이에 부드럽고 은은한 연둣빛 신록을 수채화 물감처럼 풀어 놓기 시작한 산 숲은 산 섶과 산기슭, 산허리, 산등성 할 것 없이 여기저기에 활짝 핀 산벚나무의 꽃 무리로 화사한 단장을 하고 있다. 산벚나무 꽃은 대부분 옅은 분홍빛을 띠지만 농원과 가까운 산등성의 조금 일찍 핀 산벚나무 꽃은 보통의 것보다는 짙은 분홍색을 띠고 있다. 길어야 사나흘의 간격을 두고 한꺼번에 피는 산벚나무의 그야말로 황홀한 개화가 절정에 이르고 있다.

숲은 연분홍 때로는 흰색의 꽃이 아련하게 피어나는 연둣빛 신록과 어우러져 이루 표현하기 어려울 만큼 신묘한 색을 자아내고 있다. 신만이 만들어 낼 수 있는 오묘한 빛과 기운, 색채와 모양이다.

목련도 봄이 늦게 찾아오는 산촌 농원에는 지금이 한철이다. 앞으로는 차례를 지켜 수수꽃다리, 철쭉, 옥매와 홍매, 꽃사과나무와 산딸나무 그리고 아카시아와 밤나무 따위가 꽃을 피울 것이다.

그러나 봄날 한때 오늘과 같이 넘쳐나는 꽃과 신록의 아름다움과 신비로움, 모든 것이 다투어 깨어나는 생명의 숨결과 기운, 농원을 구석구석까지 빈틈없이 채우는 밝고 따사로운 햇살과 그지없이 부드럽고 상쾌한 공기, 구름 한 점 없이 맑게 개인 푸른 하늘, 이런 것들이 완벽하리 만치 조화롭고 풍요롭게 어우러져 이토록 아름다운 한 시절의 펼쳐짐을 만들어 낼 수 있는 날이 일 년에 몇 번이나 있을까.

아마도 한가위가 지난 얼마 후의 깊은 가을, 들국화가 피어나고 오색의 단풍이 산 섶 아래까지 밀고 내려왔을 즈음 오늘처럼 따뜻한 햇빛이 쏟아져 내리고 부드럽고 청량한 공기가 농원을 가득 채우는 그 며칠도 붙잡아 두고 싶은 하나의 날이 될 것이다. 짙은 녹음이 우거진 농원, 흰 눈이 두텁게 쌓인 겨울 농원의 모습 또한 시간의 흐름과 함께 모두 지나쳐 그 사라짐이 덧없고 아쉬울 것이다.

그러나 쑥이나 쇠뜨기처럼 천덕꾸러기와도 같은 잡초의 새잎 순마저도 그토록 귀엽고 예뻐 보일 수 없는 오늘과 같은 이 봄의 한때야말로 자연이 발걸음을 멈추고 그 자리에 붙박여 그대로 서 있었으면 하는 마음이 간절해진다. 🖋

오월의 연둣빛 신록

한 점 한 점 솟아오르던 풀의 새싹이,
한 잎 두 잎 피어나던 나무의 새잎이 어느새 산과 들녘을
푸른빛으로 가득 물들여 놓고 있다.

거칠고 메말라 보였던 암갈색의 색조는 이제 모두 사라지고 생기와 온기
가 흘러넘치는 푸른 정경이 온 누리를 새롭게 채우고 있다. 다만 그것을
비껴 있는 곳은 아랫마을 집들의 지붕과 단정하게 쟁기질을 끝내 놓은 밭
과 논뿐이다. 알 수 없는 힘을 가진 위대한 신이 온 대지의 모습을 완전히
다른 모습으로 바꿔 놓은 것이다.

그런데 온통 신록新綠으로 뒤덮고 있는 푸름의 모습을 좀 더 자세히 눈여겨볼 필요가 있다. 아름답고 경이로운 푸름의 색조, 그 신비로운 조화와 믿어지지 않을 만큼의 다양성, 그 누구도 만들어 낼 수 없는 봄이라는 계절의 정취情趣, 이런 것들을 느끼고 발견할 수 있기 때문이다.

사월을 나고 오월에 들어서면서 일제히 눈에 띄게 솟아나기 시작하는 나뭇잎이나 풀잎은 잎이라기보다는 꽃이라고 해야 옳을 것이다.

잎꽃. 이때쯤 피어나는 새잎 순이나 잎새들은 어느 꽃 못지않게 부드럽고 예쁘고 단아端雅하다. 그 크기 또한 작고 모습도 여려서 이들을 꽃이라고 해도 전혀 손색이 없을 듯싶다. 더더욱 그 모습이 꽃다운 것은 활짝 펼쳐진 잎새들이 대부분 짙푸른 녹색의 넓은 하트 모양이거나 길쭉한 조각배 모양을 하고 있기 때문이다. 또 새롭게 돋아나는 잎 순은 각각 독특한 모양새도 모양새지만 그 색채가 심오深奧하리 만치 미묘하고 다감스럽다.

이렇게 무수한 잎새가 꽃을 피우는 이때야말로 신과 자연이 선사해 준 생명체들의 경이, 소생蘇生의 신비, 신생新生의 아름다움과 환희를 눈으로 다시 한 번 새롭게 바라보며 온몸 가득히 느낄 수 있게 된다.

겨우내 새하얀 수피樹皮를 드러내서 숲 한구석을 환하게 밝혀 주었던 자작나무 무리는 그야말로 가장 부드러운 연둣빛 잎새를 피워 또 한 차례 숲 속에 밝은 빛깔을 풀어 놓고 있다. 산허리 곳곳에 겨우내 변치 않는 푸름을 장식했던 소나무는 새 순과 송화松花 꽃대를 밀어 올리느라 여념이 없는지 늘 푸르던 기상을 잠시 접어 둔 듯 다소 빛 바랜 푸름의 부드러운 모습을 하고 있다.

보통 연둣빛을 가진 새잎을 가득 피워 내는 키
큰 낙엽송落葉松 무리는 어느새 밝은 청록靑綠의
기운을 품은 신선한 녹색으로 잎 색을 바꾸기 시
작하고 있다. 늦가을 황금빛 단풍으로 감탄의 찬
사를 받았던 때 못지않게 낙엽송은 높다란 가지 맨
끝까지 고르게 잎을 피워 푸른 순색의 바다를 만들어 놓
고 있다.

　　다소 뒤늦게 잎꽃을 피우기 시작한 떡갈나무, 신갈나무, 상수리나무 등
의 참나무들 역시 연둣빛 바탕이지만 다양한 색감이 묻어나는 여린 잎새
를 올리고 있다.

　　농원의 과수나무와 풀도 다양한 색감의 연둣빛 향연을 연출하고 있다.
도랑을 따르기도 하고 중심을 차지하기도 해서 농원의 가장 많은 부분에
자라고 있는 자두나무와 매실나무는 꽃을 지우고 나서 한창 푸른 잎새를
올리고 있는 중이다. 제법 크게 잎새를 피운 배나무의 불그레한 새잎 순,
여리디 연한 느낌의 피나무 잎새, 단풍 색과도 같은 잎새를 틔우고 있는
신나무와 단풍나무…….

　　도랑둑과 길섶, 과수나무 아래 빈 밭에도 작은 빈틈도 주지 않고 온갖
생명을 가진 것들이 솟구쳐 올라오고 있다. 길섶을 뒤덮기 시작한 신선한
청록색의 쑥 싹, 나무 그늘 아래 무성하게 솟아오르고 있는 쇠뜨기, 노랑
의 느낌이 들 정도로 옅은 연두색의 소담한 개망초 잎새 등 다양한 연둣
빛 녹색의 색채가 농원에 무한한 생기를 불어넣고 그윽한 한봄의 정취를

살려 내고 있다.

경이롭도록 신비스런 오월 초두의 숲 색, 농원의 빛결을 다시 한 번 자세히 살펴본다. 부드러워서 더욱 깊고 그윽하게 느껴지는 연록軟綠의 향연을 어찌 그냥 못 본 체할 수 있을 것인가. 이토록 아기자기하고 오묘한 연둣빛의 행진이 어디에 있단 말인가.

때 묻지 않은 다감한 연둣빛 신록의 시작을 오월이 활짝 열어 놓았다. 일이 주일여가 되면 이 연둣빛 신록은 보다 중후重厚한 느낌의 색채로 대지를 뒤덮을 것이다. 그 색조는 중후해지는 만큼 다소 단조로워지고 순록純綠의 단색으로 보다 격조 높은 기품을 가지게 될 것이다. 소생의 신비와 경이를 담은 잎꽃에서 성장의 실존實存을 이루어 내는 무성한 잎새로 자라나게 될 것이다. 또 그러는 사이에 봄이 가고 여름이 올 것이다. 柑

여름

夏
이
야
기

감당하기 어려울 만큼의 풍요

이 주일 만에 찾은 농원의 모습이 낯설 만큼 새롭다.
하루가 다르게 무성하게 자라나는 잎과 풀,
나무와 꽃의 뜨거운 열기가 후끈하게 느껴진다.
훅하고 불어오는 바람결에는 녹음의 끈끈한 숨결이 묻어 있다.

모든 것들이 키를 훌쩍 키웠다. 도라지, 왕원추리, 달맞이꽃, 개망초, 나무들도 햇빛 한 조각 찾아들지 못할 만큼 풍성한 잎새를 키워 냈다.

풍요로움의 정취는 농원을 오르는 길섶의 온갖 풀무리뿐만 아니라 묵고 있는 밭과 밭둑에 가득히 들어선 개망초 무리에서도 자연스럽게 느껴진다. 풍성해진 농원의 모습은 당근 밭을 모두 점령하기라도 할 듯이 기세를 부리고 있는 쇠비름, 단호박 밭에 씽씽하게 자라나는 바랭이, 쑥을 뽑아낸 길섶에 큰 군락을 이루기 시작한 토끼풀, 길게 줄기를 뻗고 각각의 줄기마다 뿌리를 내려 무서운 속도로 그들의 영역을 확대해 나가고 있는 억새, 아랫부분까지 싹둑 잘라 냈던 밑동에서 몇 해를 자란 것과도 같은 긴 새 줄기를 키워 낸 찔레넝쿨, 어느새 도랑 섶을 꽉 채운 산딸기 덤불과 물봉선 무더기에서도 발견할 수 있다.

키가 채 십 센티미터에도 미치지 못했던 옥매 玉梅는 한 자도 넘는 키로 훌쩍 자라났다. 겨우내 꼼짝도 않는 듯 독야청청했던 구상나무, 측백나무도 연녹색의 새순을 뽑아 한 자쯤은 되어 보이는 새 윗가지를 만들고 있다. 눈에 띌 만큼 드러나지는 않지만 키가 크는 것 못지않게 나무의 둥치가 굵어지고 나뭇가지의 마디 사이도 늘어났을 것이다.

몇 해 만에 제법 많은 열매를 맺은 매실은 엄지손가락보다도 더 큰 크기로 몸집을 부풀렸다. 풋풋한 청매 青梅의 기품이 물씬 묻어난다. 주로 농원 길섶을 따라 심어져 있는 자두나무는 얼마나 많은 열매를 달고 있는지 어른 키 높이로 펼치고 있던 나뭇가지를 길바닥에 맞닿을 만큼 늘어뜨리고 있다. 농원 길을 오르내리는 승용차 앞 유리 차창에 부딪히는 자두 열매들의 탱탱한 부딪힘 소리는 귀로 들어서도 느낄 수 있는 농원의 풍요로움이다.

지나치게 많은 열매를 달고 있는 나머지 더러는 점점 무거워지는 열매의 무게를 이기지 못해 나뭇가지가 찢겨져 내린 자두나무도 있다. 점점 튼실해지는 열매의 무게를 겨우겨우 감당해 내고 있다가 장맛비의 무거운 물기를 머금은 데다 거친 비바람을 이기지 못하고 비명을 지르며 항복을 하고 만 것이다. 감당해 내지 못할 만큼의 풍요로움을 스스로 가지의 일부를 찢어 내는 별리別離 아픔으로 승화시킨 것이다.

그러나 몇몇 자두나무들이 구가하고 있는 과잉의 풍요로움과 그로 인해 그들이 겪고 있는 아픔은 그들 스스로가 만들어 낸 것이 아니라 사람인 내가 만들어 낸 것일지도 모른다는 생각이 든다. 이른 봄에 해준 가지치기 덕분에 여러 나뭇가지에 나눠서 달렸어야 할 열매들이 몇 안 되는 가지에 몰아 달리는 통에 열매 수도 많아지고 그 크기도 더 커졌을 것임에 틀림없으리라. 거름을 한다고 산림용 고형固形 비료를 묻어 주고 유기비료인 액비液肥를 뿌려 주는 따위의 정성을 쏟은 것도 또 하나의 이유가 될 것이다.

이렇듯 가지를 치고 거름을 주는 정성을 들였으면 너무 많이 달린 과일을 일찌감치 솎아내 주었어야 했다. 어설프게 자연에 개입한 것이 그들 스스로 찾아갈 수 있었던 균형을 깨뜨려 버리고 만 것이다. 극히 자의적인 사람이 관여함으로 인해 이들 스스로 충분히 감내할 수 있었던 당당한 풍요로움을 주체할 수 없을 정도의 욕심과 과잉으로 비쳐지는 미완성의 결실을 유도해 낸 것이다.

하기야 풀이 키를 키우고 나무가 잎새를 만들고 열매를 다는 것이야말로 그들 본연의 임무일 터이다. 그것은 그들이 만들어 내야만 하는 당당한 풍요로움이지 결코 감당하기 어려울 만큼 과잉의 풍요로움은 아닐 것이다. 그들이 우리에게 느끼게 해 주는 무성한 풍요로움이야말로 그들의 지극히 정상적인 삶, 자람과 성장의 한 모습일 것이다. 그러나 무서운 속도로 풀 섶을 이루고 무성한 가지를 만드는 온갖 풀과 나무를 한 해의 이맘때쯤 지켜보노라면 나 스스로도 주체할 수 없을 만큼 넘쳐나는 풍요로움을 느끼게 된다. 그리고 거칠게 넘쳐나는 푸른 풍요로움 속에는 결코 소진되지 않을 깊고도 강력한 생명의 기운이 깃들어 있음을 느끼게 된다.

그들에겐 지극히 자연스럽고 당당한 삶의 모습이 나에게는 감당하기 어려울 만큼의 풍요로움으로 느껴지는 것은 무슨 이유 때문일까. 그것은 내가 기대하는 이상의 풍성함을 안겨 주는 자연에 대한 감동感動이 그만큼 크다는 뜻일 것이다.

감내하기 어려울 만큼 풍요로움이 느껴지는 농원의 모습과 기운. 한여름 이맘때쯤 이토록 강렬하고 힘찬 생명의 숨결을 느낄 수 있는 것은 내가 농원에서 누리는 크나큰 축복이요 넘쳐나는 기쁨의 하나가 아닐 수 없다. 🔲

산중우 山中雨

올 장마의 시작을 알리는 듯한 비가 느긋하게 내리고 있다. 오래도록 길게 내릴 장마이니만큼 그렇게 서두를 이유가 없지 않은가.

백 년 만에 닥친 가뭄이라고 했던 혹심한 가뭄이 지난 유월 중순이 되어서야 비다운 비가 한차례 내림으로써 어느 정도 해갈이 되었다. 오전에 후둑후둑 가볍게 내리기 시작하던 비가 점차 가닥이 많이 지고 굵어지고 있다. 제법 많은 비가 내리기라도 할 듯이 차분히 빗방울을 떨어뜨리고 있다.

이리도 고즈넉할 수가 있을까. 지난주 초에 다시 내린 많은 양의 비로 충분히 해갈이 된 셈이지만 비를 기다리고 또 기다렸던 긴 가뭄의 악몽이 아직도 채 가시지 않았는지 비가 내린다는 자체만으로도 안도감을 느끼게 되는 것 같다.

비를 흠뻑 맞고 뿌리 깊은 곳까지 생명의 물기를 머금은 나무와 풀은 건강한 푸름의 빛을 한껏 내뿜으며 아스라한 비안개를 품고 있다.

지붕을 두드리는 빗소리를 듣다 창문을 열고 나무숲과 들녘에 떨어지는 빗방울을 바라본다. 지붕의 빗방울 소리와 앞 도랑의 물소리에 섞여 쏴하며 떨어지는 빗소리를 들을 수 있다. 한결 옥타브가 높은 물소리 속에서 숲과 나무, 땅 위로 무수히 떨어지는 빗소리가 들려온다. 떨어지는 빗방울을 하염없이 바라보며 빗소리를 듣고 있노라면 왠지 모르게 비는 그치지 않고 오랫동안 내릴 것만 같다는 생각이 든다.

외따로 떨어져 있어 여느 때도 농원을 찾아오는 이는 거의 없다. 산나

물을 뜨는 이, 토종 꿀벌을 놓는 사람, 늦여름 한때
벌초를 하러 오는 몇 사람을 제외하고는 별달리
찾아올 사람이라고는 없는 곳이 이곳 산촌 농원
이다.

　언덕 너머 쪽에서 농사를 짓는 보라네와 이장님
이 간혹 도랑물을 긷기 위해서 농원의 집 쪽으로 오는 경
우가 없지는 않다. 그러나 오늘처럼 비가 쏟아지는 날에 이 농원을 찾을
리는 없을 것이다. 그들도 모처럼 만에 주어지는 고즈넉한 시간을 이 빗
소리를 들으며 달콤한 휴식으로 보내고 있을 테니 말이다.

　외따로 떨어져 있는 한적한 공간이 비라는 자연의 장막으로 인해 완전
히 차단당한 채 존재한다는 것이 문득 와락 밀려드는 외로움, 무엇인가에
대한 막연한 그리움 같은 것을 불러오기도 한다. 하지만 다시 생각하면
이렇게 완벽하게 떨어져 있는 공간이야말로 그 누구의 침해도 받지 않고
나 혼자만이 누리는 독립된 세상을 만들 수 있는 시간이 되지 않겠는가.
그야말로 모든 번잡한 일들을 잊고 나만의 시간을 가질 수 있는 기회가
만들어지는 셈이다. 비가 내리는 동안은 모든 것을 뒤로한 채 망각의 심
연 속으로 빠져들 수 있는 완전한 일탈의 시간이 주어진다.

　비가 내리더라도 마을 아래쪽으로 트인 하늘은 그렇게 어둡지가 않다.
그러나 낙엽송 숲으로 둘러싸인 집 뒤편과 산봉우리가 막아선 방갓골 안
쪽은 어둑해진다. 집 안도 저녁 어스름이 내릴 때와 같이 아늑하고 어둑
해진다.

불을 켜지도 않고 마루에 앉으면 쌓였던 피로가 한꺼번에 몰려옴을 느끼게 된다. 쉬지 않고 내리는 빗소리를 들으며 가만히 있노라면 아득한 졸음이 내가 가보지 못했던 꿈속의 나라로 안내한다. 빗소리를 어렴풋이 들으며 달콤한 낮잠 속으로 빠져든다.

장마철의 농원

장맛비가 내리고 있다. 혹심한 가뭄 끝에 몇 차례 단비가 내리고 나서 곧바로 이어진 장맛비이다. 어찌나 극심한 가뭄을 겪었던지 여느 때의 장맛비 같았으면 이쯤에서 지겨울 법도 하지만 여전히 고맙고 넉넉한 기분이 든다. 일종의 안도감이라고나 할까.

가늘어졌던 빗줄기가 다시 굵어지더니 이내 폭우가 쏟아지고 그 줄기가 다시 여려지는가 싶더니 또다시 굵은 빗줄기를 내리고 있다. 이렇게 굵어졌다 가늘어졌다 하는 빗줄기가 그치지 않고 하루 종일 계속되고 있다. 제법 큰 물길을 만들어 경쾌하게 흘러내리던 도랑물이 눈에 띄게 불어나서 무겁고 큰 소리를 내며 속력을 더한다. 먼젓번 몇 차례 비에 겉흙이 이미 씻겨 내려간 때문인지 도랑물은 장마물 같지 않게 비교적 맑은 여울물 색을 띠고 있다.

빗줄기가 아주 가늘어지면서 계곡녘과 산마루턱에는 비안개가 자욱히 차오른다. 흰 구름과도 같은 비안개에 감싸인 숲과 나무는 물기를 흠뻑 머금어 그들의 몸체가 한층 불어난 느낌인 데다 연기처럼 피어오르는 비안개는 풋풋한 성장의 열기가 넘쳐흐르는 것과도 같은 정경을 자아내고 있다.

나래실 계곡 아랫마을의 모습이 짙은 비 무리와 안개 속에 싸여 어디론가 숨어 버렸다. 때문에 짙푸른 숲과 비안개로 아늑하게 둘러싸인 농원은 그야말로 산중에 고립된 별천지와 같은 세계가 된다.

흠뻑 비를 맞고 서 있는 나무는 축축한 물기를 가득히 머금어 나뭇잎이 마치 무거운 짐을 지고 있는 느낌이 들기도 한다. 함초롬하게 비를 맞고 있는 뭇 풀포기는 초췌한 듯 보이면서도 한편으로는 초연하게 짙푸른 풀색의 왕성한 열기를 토해 내고 있는 것 같다. 모두들 비가 그치면 새롭게 시작할 힘찬 성장의 기운을 여축餘蓄하고 있다.

한겨울의 큰 눈이 더없이 아름다운 농원의 설경을 선사하고 안락한 휴식과 여유의 시간을 가져다주었던 것처럼 한여름의 장맛비는 쉴 틈 없이 계속되었던 긴 노동을 멈추고 달콤한 휴식과 여유의 일탈을 허락해 주고 있다. 가장 왕성한 성장의 삶이 있는 시간에 선사 받은 뜻밖의 선물, 아무런 준비도 없었던 쉼이라는 특권을 부여 받은 것이다. 찌는 듯 더운 불볕 더위를 이기며 한시도 쉬지 않고 움직여야만 했던 몸과 마음의 분주함을 잊은 채 고요하고 고즈넉한 침잠의 시간을 가질 수 있게 된 것이다.

산새나 풀벌레들은 이 장맛비의 길이나 시간이 결코 짧지만은 않으리라는 것을 간파한 때문인지 비의 피난처를 찾아 어디론가 멀리 숨어 버린 듯하다. 풀벌레 소리는 빗속에 파묻혔는지 들리지 않고 새의 움직임이나 울음소리도 뚝 끊겨 버렸다.

뜻밖의 휴식과 침잠의 시간을 제공해 주는 장맛비. 달콤한 휴식과 여유를 즐기며 장맛비의 미학美學, 한여름 농원의 또 다른 정취情趣를 느껴 본다. ▨

나래실의 해넘이

뒤늦게 시작되었던 장마의 끝이 보이는가 싶다. 아침이 밝으면서 걷히기 시작한 비구름이 멀찌감치 비켜나 있더니 오후 한때 쏴하는 소나기를 한 차례 뿌리고 나서는 하늘을 맑게 틔워 주고 있다.

긴 장마 동안 질리도록 물기만을 머금고 후줄근한 모습을 하고 있던 뭇 나무와 풀이 생기를 되찾고 한낮 오후 꽤나 길었던 햇빛의 기운을 받아 금세 싱그런 푸름의 색감을 한껏 발산하고 있다. 농원 뒤쪽 서편의 제법 높은 방갓산 봉우리는 어느새 산등성을 넘는 한여름의 태양이 만드는 해

넘이 그늘을 위쪽 산기슭부터·서서히 드리우기 시작하고 있다.

푸른 하늘에 티끌 하나 없이 맑은 여름날이지만 산그늘이 드리워진 나래실 위쪽의 산기슭과 계곡에는 검푸른 색조의 어스름이 어리기 시작한다. 그리고 해넘이가 만드는 그늘의 경계는 눈에 띄지 않을 만큼 매우 느린 속도이기는 하지만 계곡 아래쪽으로 조금씩 내려오기 시작한다.

방갓산 봉우리 뒤쪽 산등성이 너머로 해가 넘어가면서 만드는 해넘이 그림자는 아직 햇빛이 비껴나지 않은 부분과 너무도 선명한 대조를 이룬다. 마치 한 폭의 그림 속에 햇빛이 가득 비치는 유채화油彩畵와 어두운 색조의 수묵화水墨畵가 함께 경계를 이루고 있는 듯한 모습이다. 그늘진 수묵화의 영역이 조금씩 더 넓혀져 가면서 점차 작아지는 유채화의 영역은 더욱 밝고 환하게 빛이 나는 느낌이다.

그림자의 경계가 농원을 지나 계곡 아래쪽으로 더욱 옮겨가서 계곡 전체가 두루 아늑한 저녁 기운으로 채워질 때쯤 햇빛은 나래실 마을의 먼 계곡 아래쪽으로 멀찌감치 밀려난다. 그러고 나서는 서강西江을 건넌 곳 저 멀리에서 가로로 긴 등줄기를 만들며 두세 겹의 아스라한 봉우리를 쌓고 있는 동편의 넓은 산기슭 모두를 밝고 환하게 비춰 준다.

산기슭 아래쪽에서 이제 서서히 위쪽으로 자리를 옮겨가는 해넘이 그림자는 빛이 비치는 부분보다 그늘이 진 부분을 더 많이 만들며 드디어는 봉우리 맨 끝에 걸쳐져 있는 햇빛마저도 밀어내고 엷은 하늘색 공간으로 빠져 들어간다. 이제 하늘 쪽으로만 환하게 비쳐 오르던 빛마저 점차 스러지고 나면 농원과 나래실 계곡은 금세 아늑한 저녁 기운에 둘러싸이게 된다.

밝고 환한 햇살이 천천히 밀려 비껴 나간 산야는 마치 밀려왔던 조수가 빠져나가면서 바닷물에 말끔하게 씻겨진 너른 개펄 같이 신선한 느낌을 준다. 썰물이 밀려 나간 뒤 바닷바람이 실어다 주는 비릿한 갯내가 느껴지는 듯도 하다. 짙푸른 녹음이 발산하는 풋풋한 숲과 풀의 내음이 강하게 풍겨난다.

해가 진 뒤 먼저 저녁 어스름이 찾아드는 계곡의 위쪽은 마치 김이 서렸던 유리 창문을 마른 걸레로 말끔히 씻어 낸 듯 깔끔해진다. 이때는 해가 뜨기 바로 직전, 여명이 완전히 사라지고 갑자기 환해지면서 아침의 새뜻한 기분이 들 때와 같은 느낌이다. 그러고 나서는 점차 짙어지기 시작하는 어둠이 조용히 내려앉아 시나브로 저녁이 찾아든다.

마치 태고의 새 빛을 모두 토해 내기라도 하듯 찬란한 광채의 힘찬 해돋이를 순식간에 맞이했던 나래실은 이렇듯 조용하고 차분한 일몰의 흐름을 오랜 시간 천천히 만들어 낸다. 무서운 광기를 번득이듯 강렬했던 아침의 장쾌한 해돋이와는 전혀 다르게 나래실의 해넘이는 농원 뒤 산등성 너머 멀리에서 천천히 떨어지는 저녁 해의 침몰沈沒에 따라 묵묵하게 이루어진다.

방갓산의 봉우리 그림자로 만들어지는 나래실의 해넘이, 황홀한 석양의 낙조落照를 잉태하지 못한 불임의 회한悔恨, 아쉬움 때문인지 완전히 해가 떨어진 후에도 동편의 훤한 하늘은 어둑한 산색의 무거움과는 다른 하얀 여백을 꽤나 오랜 동안 간직해 낸다. 🔲

우후기雨後記

큰비가 그치고 하늘이 말끔하게 걷혔다. 어제까지 삼일여 동안 사백 밀리
미터가 넘는 많은 비가 영서의 산간지방을 중심으로 내렸다. 비가 내렸다
기보다는 폭우가 쏟아진 것이다. 특히 원주, 영월, 제천 등 농원이 소재해
있는 이웃 지역에 여러 큰 피해를 입히고 나서야 일단 빗줄기를 접은 것
이다.

나이가 많이 든 분들은 한결같이 몇 십 년 만에 겪는 큰비라고 입을 모았다. 나무가 거의 없는 벌거숭이여서 큰비만 오면 경사진 밭둑이나 산자락이 쓸려 내리고는 했던 육칠십 년대 초의 상황과는 다르다고 하지만 여기저기 개울둑이 무너지고 도로가 끊어지는가 하면 배수로가 시원찮았던 밭자락은 흘러넘친 물길로 표토가 유실되는 등 피해가 적지 않게 발생했다. 아랫마을 나래실에서는 논물을 보러 나갔던 노인네 한 분이 개울물길에 휩쓸려 내려가 실종되었다는 안타까운 소식이 들려오기도 했다.

집 앞 도랑을 흘러내리는 물도 한밤에 빗줄기가 그치면서 많이 줄어들기는 했지만 큰물이 나간 흔적이 도랑 섶에 뚜렷하다. 좁다랗던 도랑 섶이 널찍하게 패여 도랑의 바닥 넓이가 예전의 두 배 이상으로 크게 넓어졌다. 산딸나무 숲 근처의 도랑둑이 무너져 내리면서 아름다운 수형을 자랑하던 꽃사과나무가 처참하게 쓰러지기도 했지만 작은 도랑의 물 섶이 크게 넓어져서 아무 손을 들이지 않고도 시원스레 도랑을 넓힌 셈이 되었다. 바닥을 잘 고르고 제멋대로 굴러 내린 돌과 도랑 섶을 다잡으면 훨씬 시원스런 도랑을 만들 수 있을 것 같다.

아직도 장마 중의 뿌연 산골 물색이 가시지 않은 도랑물 소리가 마치 폭포 소리와도 같이 들린다. 굽이지고 경사진 도랑을 힘차게 흘러 내리치는 물소리가 우렁차다. 워낙 물길이 세다 보니 흘러내리는 물소리만으로도 시원하다 못해 으스스한 한기가 느껴질 정도다. 흐르는 물소리에는 요란하지만 경쾌하고 맑은 가락이 숨어 있다.

세찬 물길에 씻기고 씻긴 도랑의 바위와 돌멩이들이 모두 물때를 벗어 깨끗한 강돌 모습을 하고 있다. 도랑 폭이 넓어진 데다 깨끗이 씻긴 바위와 돌멩이 덕분에 도랑이 환한 작은 개울이 된 듯한 기분이 들기도 한다.

도랑 섶이 널찍하니 환해졌지만 씻은 듯이 사라진 것이 있다. 물길이 있는 도랑 바닥까지 용케도 자라 도랑을 가득 메우고 있던 여리디 여린 물봉선 무리가 자취를 감추어 버렸다. 둑 방 위쪽에 여기저기 남아 있는 몇 포기를 제외하고는 물길에 휩쓸려 몽땅 떠내려가 버린 것이다. 며칠 전까지만 하더라도 그 왕성한 자람을 은근히 뽐내면서 도랑을 점령하고 있었는데 이번 비의 큰 희생물이 되어 버리고 말았다. 그렇지 않았더라면 팔월 말쯤부터는 자줏빛 물봉선과 노랑물봉선이 함께 어우러져 늦깎이 마지막 여름 꽃으로 도랑을 하나 가득 채웠을 것이다.

햇빛을 받지는 못했지만 충분한 수분과 후덥지근한 열기로 며칠 동안 쉬지 않고 은근하게 자라 온 풀과 나무는 원시의 숨결을 내뱉고 있는 듯 신성해 보인다. 햇빛을 상실한 불완전한 생장에 그 자람의 색감이 조금은 칙칙하고 어두워 보이지만 한편 부드러운 느낌을 주기도 한다. 강렬한 햇빛 아래 물을 목말라하던 나무와 풀이 한차례 시원하게 내린 비에 생기를 얻어 발랄한 푸름을 발하는 것과는 크게 다른 모습이다. 연약하게 웃자라 흐느적거리는 것만 같은 풀과 나뭇잎이 햇빛의 은혜를 간절히 바라고 있다.

나비 한 마리가 팔랑팔랑 날갯짓을 하고 있다. 운이 좋은 녀석임에 틀림이 없다. 삶의 여러 단계를 거치며 오랫동안 자유의 날갯짓과 높다란 비상을 꿈꾸어 왔던 나비. 폭우가 그친 때를 맞춰 애벌레의 허물을 벗은 덕에 행운의 우화羽化를 성공하고 날개를 펼쳐 비상의 본능과 날기의 자유로움을 만끽하고 있는 것이다. 어제나 그제 퍼붓는 빗속에서 우화를 시도했던 다른 나비애벌레들은 필시 세찬 빗줄기에 생명을 잃고 그 비상과 자유의 꿈을 접어야만 했을 것이다. 도랑물 흐르는 소리는 무척이나 요란하지만 씻은 듯이 비가 그치고 말끔하게 날이 갠 한여름의 아침나절. 꿈을 이루지 못한 다른 나비의 넋을 달래기라도 하듯 나비는 유연한 날갯짓으로 환하게 트여 있는 파란 하늘로 높이 날아오른다.

　이른 아침 계곡 아래쪽을 가득히 메웠던 비안개가 말끔히 걷히고 지금은 숲이 뿜어내는 숲 안개가 계곡 아랫자락에 짙게 드리워져 있다. 자욱한 농무濃霧로 계곡과 산봉우리, 아랫녘 하늘 모두를 그 두께가 얼마인지 모를 만큼 두텁게 가리우곤 하던 한여름 다른 아침의 안개와는 그 모양이 크게 다르다. 계곡 아래쪽으로 차분히 내려앉아 마치 숲의 숨결과도 같이 시원한 느낌을 주는 비안개. 그 위쪽으로 드러난 짙은 암청색 산봉우리의 자태가 금방 물감을 칠한 듯 청량하다. 금세라도 물방울이 흘러내릴 만큼 흠씬한 물기를 머금고 있는 산록이지만 그토록 깔끔하고 상큼하게 느껴질 수가 없다.

　비를 피해 어디론가 꼭꼭 숨어들었던 새와 짐승은 아직 아무런 기척이 없다. 일시적으로 잠깐 날이 들고 푸른 하늘이 나타나기는 했지만 아직 긴 장마가 그치지 않았다는 것을 그들은 본능으로 알고 있는지도 모른다. 짐승과 새들의 소리가 잦아든 농원의 풀숲은 잠이 깨어나기 전의 고요 속에 쌓여 있는 것만 같다. 圉

산골 소나기

지루한 장마의 끝이 보이는 듯싶었다. 예년과 달리 팔월에 들어 본격적으로 시작된 장마는 팔월 하순이 되도록 쉽게 물러서질 않았다. 그런데 비의 끝이 보이면서 아침부터 모처럼 맑은 하늘에서 뜨거운 태양이 얼굴을 드러냈다. 이내 축축하게 젖었던 땅이 밝은 흙빛을 되찾고 검푸른 빛으로 지쳐 늘어졌던 나무 잎새도 반짝이는 초록의 생기가 살아나는 모습이 완연하다.

베란다에서 며칠 밤을 새운 고추가 마당으로 나와 모처럼 해를 다시 보게 된 것도 오늘이 처음. 시들해졌던 고추가 햇빛을 받고 금세 짙붉은 빛을 발하는 모습을 보니 어느새 가을의 시작을 느끼게 된다. 유난히도 늦고 길었던 장마이기에 여름도 없이 바로 가을로 들어서려나 싶다.

날이 들었으니 이제야말로 해야 할 일이 태산이다. 오전에는 집 주위를 정리하느라 시간을 보내고 도라지 밭의 김매기를 시작한 것은 오후 세 시가 다 되어서였다. 도라지 밭에 돋아난 무성한 풀을 뽑고 고라니의 먹이가 되기 시작한 당근을 캐고 또 시금치 씨를 조금 뿌릴 계획이었다. 아직은 태양 빛이 뜨겁기는 하지만 오랜만에 밭에 엎드려 흙과 풀 냄새를 맡는 일이란 여간 즐겁지 않을 수 없다.

아내와 함께 김매기를 시작한 지 한 시간여쯤. 동남편 하늘 쪽에 흰 뭉게구름이 두둥실 떠 있을 뿐 서편의 햇빛은 쨍쨍하고 하늘도 맑고 푸른데 먼 어느 곳에선가 비행기가 지나가는 소리인지 천둥소리인지 잘 구분을 할 수 없는 소리가 어쩌다 한 번씩 들려오고는 했다. 서편 하늘 쪽으로 기울어지는 해는 그 어느 때보다도 화사한 빛을 나래실 계곡 가득히 채우고 있었다.

그러다 불과 몇 분이 지나지 않아 동편 하늘 쪽에서 잿빛 뭉게구름이 솟아오르기 시작했다. 그 모습을 본 아내는 "소나기가 내리지 않을까? 밖에 널어놓은 고추를 안으로 들여놓아야 할 것 같은데?"하며 귀찮다는 표정을 지었다. 그 일을 하려면 이제 절반쯤 마친 김매기 작업을 잠시 멈춰야 했기 때문이었을 것이다. 이런 아내의 걱정에 나는 하늘을 한번 쳐다보고는 "이렇게 햇빛이 쨍쨍한데 그리 금세 비가 올라구." 하며 아무런 신경을 쓰지 말라는 투로 대꾸했다. 이렇게 맑게 갠 날씨에 비가 오리라고는 전혀 생각하지 않았기 때문이다.

그런데 그야말로 청천 하늘에 이게 웬 날벼락이란 말인가. 동편 산마루 쪽에서 커지기 시작한 먹구름이 어느새 머리 위쪽으로 세력을 넓히더니 곧이어 천둥소리가 아주 가깝게 들려오는 것이 아닌가. 불과 이삼 분도 되지 않은 사이에 그 쾌청하던 하늘이 곧 비가 쏟아져 내릴 듯 먹장구름으로 가득해진 것이었다.

하늘이 보통 수상하지 않음을 알아차린 우리는 백여 미터쯤 위쪽에 있는 집으로 서둘러 달려 올라가 마당에 널어놓았던 고추를 창고로 거두어 들이고 문단속을 시작하는데 이미 굵은 빗방울이 후드득거리며 떨어지기 시작하는 것이 아닌가. 그리고 오 분여쯤이 흐르자 백주의 대낮인데도 사위가 어둑해지며 번쩍거리는 번개와 요란한 천둥이 번갈아 이어지더니 순식간에 시야를 분간하기 어려울 만큼 많은 비가 무섭게 쏟아지기 시작했다. 아마도 도라지 밭에서 구루마를 챙기면서 조금만 늑장을 부렸더라도 말리던 고추를 모두 비에 맞히고 우리도 홀딱 비를 맞을 뻔했다.

아내와 나는 세차게 쏟아져 내리는 비를 바라보며 한동안 말없이 서 있었다. 그리고 얼마만큼이 지난 뒤에야 간단히 내릴 비가 아님을 알아채고는 베란다에 간이 의자를 펴고 앉은 뒤, 못다한 도라지 밭 김매기 일은 까마득히 잊어버린 채 하염없이 쏟아지는 빗줄기를 물끄러미 바라보고만 있었다.

한참을 미친 듯 쏟아지던 빗줄기가 잠시 가늘어지는가 싶었다. 그러나 한두 차례 번개를 동반한 천둥이 하늘을 깨부술 듯이 요동을 치더니 곧

다시 굵은 빗줄기가 세차게 내리치기 시작했다. 그 사이 동남편 산마루 쪽으로 얼핏 한 아름 가까이 나타났던 파란 하늘은 또다시 두꺼운 비구름에 비껴나 굵은 빗줄기 속으로 잠겨 버리고 말았다. 이렇듯 무섭게 쏟아져 내리던 비는 한 시간여쯤 계속되더니 점차 가늘어지기 시작해서 곧 아주 가는 실비로 변해 버렸다.

누구나 한 번쯤은 읽었을 황순원의 단편소설 『소나기』를 읽으며 나도 소나기에 대한 나름대로의 서정抒情을 갖지 않을 수 없었다. 농촌에서 살았던 어린 시절에 경험했던 소나기에 대한 느낌과 기억 또한 아직도 생생히 살아 있다. 늦여름 한두 차례 구름 한 점 없이 맑았던 쪽빛 하늘이 갑자기 어두워지고 스산한 바람이 몰아치며 뽀얗게 말랐던 흙 마당에 투두둑 소리를 내며 쏟아지기 시작하던 소나기. 구월 어느 날 오후 한때, 해가 서편으로 뉘엿해질 무렵 갑작스레 먹장구름이 몰려오고 벼 포기에 조용히 있던 메뚜기가 푸드득거리며 이리저리 부산스레 날기 시작하고 새가 공중을 휘저어 나르며 이상한 울음소리를 내는가 싶으면 곧이어 어김없이 쏟아져 내렸던 소나기.

소나기의 돌발성에 대해서는 익히 이해하고 있었지만 오늘 참으로 소나기다운 소나기를 접하고 나니 윤초시네 손녀딸과 함께 들꽃을 꺾으며 뒷산에 올랐던 소년도 바로 오늘 우리가 지켜보았던 것과 같은 갑작스런 소나기를 피해야만 하지 않았을까 하는 문학적 형상形象이 훨씬 더 사실적으로 그려지는 것 같았다.

그토록 창창했던 하늘이 소나기를 내릴 줄이야. 짚가리 속으로 비를 피해 숨어들었던 그들. 소설에서도 이내 비가 그치고 날이 맑게 개었지만 아마도 오늘 오후 나래실에 소나기가 내린 것처럼 무섭게 내렸을 것이다. 산을 오를 때 징검다리로 쉽게 건넜던 개울은 소년이 소녀를 업어서 건너 기도 어려울 만큼 물이 많이 불어나 있었을 테니까.

그놈의 주책없는 소나기.

먼 밭이나 논으로 들일을 나갔던 사람들은 오늘 같이 갑자기 내린 소나 기에 아무런 대책이 없었을 것이다. 아마도 우산도 없이 비를 쫄딱 맞았 을 것이다. 모처럼 만에 마당이나 지붕 위에 널어놓은 고추며 호박고지, 바지랑대에 널어놓은 빨래, 이들을 거두어들이지 못하고 몽땅 비를 맞히 고 말았을 것이다.

하지만 하늘은 언제 그랬느냐는 듯이 앞쪽 산마루부터 구름이 벗겨지 며 늦은 오후의 푸른 얼굴을 드러내기 시작한다. 그간에 하늘이 쌓아 놓 았던 스트레스를 한꺼번에 말끔히 풀어 버린 것처럼 말이다. 큰 굿판을 벌이고 지나간 것과도 같은 한차례의 격정적인 산골 소나기가 오랫동안 잊혀졌던 서정을 다시 불러일으키고 무더위에 숨이 막혀 있던 감성을 새 롭게 일깨워 주었다.

가을

秋

이
야
기

맑고 고운 초가을의 농원

아침 햇살이 곱고 맑다.

신생의 새벽을 깨고 나래실 계곡 아래 먼 산마루를 올라 시원의 빛을
뿜어내는 태양의 첫 줄기 햇살은 때묻지 않은 가벼움으로 더없이 맑
고 곱다.

온 누리 가득하게 퍼져 나가는 햇살이 너무도 찬란한 눈부심과 빛나는 밝음을 가지고 있지만 그 눈부심과 밝음의 바탕은 무결無缺의 맑고 고움이 아닐까 싶다. 투명하게 맑고 고운 우주의 기운 속에 그 빛이 살아 있기 때문이리라.

일출의 광기와도 같았던 강렬함이 벗겨진 아침의 햇빛이 던져 주는 담백하고 청수清秀한 따뜻함과 안온함. 무더위의 뜨거움과 눅눅한 습기의 텁텁함이 가신 초가을 아침의 기운은 더더욱 맑고 곱다. 마치 이 빛의 곱고 맑은 기운이야말로 우주가 살아숨쉬는 생명의 숨결이 아닐까 하는 생각이 들기도 한다.

살갗에 부드럽게 와 닿는 공기와 가벼운 바람의 숨결 또한 맑게만 느껴진다. 빛은 빛대로 공기는 공기대로 이 대지의 공간을 채우고 있을 텐데 살아 있는 하나의 생명체인 양 한몸을 이루고 있다. 각각의 것이지만 빛이 있어 공기가 더욱 청아清雅하고 부드럽게 느껴지고, 공기가 있어 빛이 한결 더 맑고 곱게 느껴지는 것만 같다.

빛이 보다 맑고 고와지는 가을이 되면 모든 것이 더욱 가깝게 다가와 보이고 들려오는 모든 소리 또한 아주 가깝게 느껴진다. 티끌 하나 없이 맑고 고운 우주의 숨결 속에 모든 소리란 소리들이 모여드는 것만 같다. 아래쪽 작은 다랑이에서 풀을 뽑고 있는 아내의 호미 소리, 산등성 고추밭 멀리서 들려오는 고추 따는 사람들의 이야기 소리, 한참 가까운 곳에서 들려오는 듯한 소리에 고개를 들어 찾아보면 꽤나 먼 곳임을 알게 된다. 또 들려오는 소리를 알아들을 수는 없지만 매우 맑은 소리임을 느낄 수 있다.

가깝고 맑게 들려오는 농원의 소리들은 맑고 고운 햇빛과 공기 덕분임이 틀림없다. 그래서 도랑의 물소리도 맑고 새의 노래 소리, 풀벌레의 울음소리도 그리 맑게만 느껴질 수가 없다. 나비의 날갯짓 모습, 벌의 비상과 뭇 나무와 풀잎의 움직임도 맑고 밝은 모습으로 시야에 들어온다.

도랑물이 맑은 햇빛 줄기를 나뭇잎 사이로 받아들여 물 속에 일렁이는 빛결을 만들어 내고 있다. 여름 햇살이 만들던 빛결보다 더 부드럽고 해맑은 금빛 일렁거림이다.

후덥지근한 느낌이 가신 초가을 밤의 기운은 요란하게 울어대기 시작하는 풀벌레 소리로 조금은 수선스럽지만 맑기만 하다. 언제나처럼 머리 위로 쏟아져 내릴 것만 같은 밤하늘 별 무리의 빛도 더욱 가깝게 느껴진다. 조용히 명멸하는 작디작은 별 하나의 빛까지도 농원에 조용히 내려와 앉는다.

가을을 맞는 한밤의 숲의 기운도 많이 다른 느낌을 준다. 울창한 숲 속 어딘가에 숨어 있다가 이곳저곳을 배회하는 듯한 느낌을 주었던 밤의 정령이나 요정의 자취도 가을 밤에는 어디론가 사라져 나타나지 않는다. 여름내 마치 밀폐된 공간과도 같이 나무의 거친 숨소리와 뜨거운 입김이 꽉 차 있는 듯하던 숲의 어두운 공간에도 청량하고 소슬한 바람결이 찾아든다. 맑고 고운 새 계절의 시작, 산촌 농원에 가을이 찾아들었다.

산골 농원의 가을 소묘

소슬한 가을 농원의 풀 섶을 환하게 밝혀 주던 옅은 하늘색의 개미취 꽃은 이제 서서히 얼굴을 감추기 시작한다. 그 대신 어디엔가 숨어 있던 산국山菊 무리가 샛노랑 꽃 무더기를 여기저기 피우고 있다. 여름의 무성하던 풀 섶 속에서 오랜 기다림의 시간을 견뎌 왔던 쑥부쟁이와 산국이 찬바람이 돌기 시작하는 스산한 가을 들녘의 귀퉁이를 화사하게 밝혀 주고 있다. 어느 누구도 보아 줄 것 같지 않은 외딴 산골짜기 농원에 제멋대로

자리를 잡은 들국화 무리가 결코 외롭지 않은 해맑은 모습으로 활짝 웃고 있는 것이다.

아늑한 산골 농원의 어느 오후, 나긋한 햇살을 받고 있는 쑥부쟁이와 산국의 꽃을 찾는 그나마 분주한 방문자들이 있다. 어디론가 모두 사라져 버렸을 성싶었던 벌들이 달려들어 꿀을 따고 있다. 다른 모든 것들이 여름의 왕성했던 성장과 풍요로운 결실의 마감을 서둘러 준비하고 있는데 이들만은 여유롭고 유쾌하게 비상의 유희를 즐기고 있는 것이다.

집 앞 화단의 구절초九節草는 연하디 연한 분홍빛 기운이 살짝 스며든 흰색의 꽃을 피우고 있다. 쑥부쟁이나 산국과는 달리 옮겨 심고 가꾸어서 피어난 구절초 꽃. 그 청초함과 단아함이 쑥부쟁이나 산국에 뒤지지 않을 만큼 돋보이지만 조금은 가꾸어진 꽃이라는 생각에 그 수수로움만큼은 그들과 견줘 보기가 망설여진다.

추수가 끝난 빈 밭떼기의 횅한 모습이 허전한 느낌을 주기도 하지만, 그 길섶엔 아직도 부드러운 풀색과 황금빛 잎이 무성한 잡초가 가득하다. 그 너머 도랑가 언덕에는 갈대가 한 무리를 이루고 있다. 아직도 푸른빛을 머금고 있는 잎새 위로 큼직한 송이의 갈대꽃이 훤칠하다.

갈대 꽃송이는 산바람에 고개를 돌려 일제히 계곡 아래쪽을 향하고 있다.

갈대 숲에서 멀찌감치 떨어져 작은 군락을 이루고 있는 억새 무리는 하얀 꽃술을 달고 있다. 이들 억새 꽃송이도 갈대와 같이 산바람이 불어오는 반대 방향 쪽으로 모두 나란히 머리를 틀고 있다. 맑고 고운 가을 햇살에 반사되는 새하얀 억새꽃의 눈부심이 때마침 부는 바람에 흔들려 가볍게 일렁인다.

가을이 깊어지면서 그 많던 풀벌레의 울음소리가 단번에 끊긴 듯 사라져 버리자 사위가 적막한 느낌이다. 제 갈길을 잃어버린 듯 느릿느릿 어디론가 가고 있는 오줌싸개 한 마리를 제외하면 눈에 띄는 풀벌레는 찾아보기 어렵다.

여름 내내 경쾌한 소리를 내며 흐르던 농원의 도랑물도 그 소리가 들리지 않을 만큼 작게 잦아들었다. 가만히 귀 기울여 보면 고요해진 농원의 가을 분위기를 깨지 않으려는 듯 작은 소리로 쫄쫄거리며 조용히 흐르고 있는 것 같다.

찬바람에도 싱싱하던 도랑가의 물봉선은 간밤에 내린 무서리에 모두 파김치가 된 듯 후줄근한 모습을 하고 있어 보기에 애처롭기 그지없다. 어제까지만 해도 푸른 잎과 자주와 노랑빛의 새뜻한 꽃 무리를 이루었던 물봉선이 하룻밤 사이에 이토록 무참히 망가져 버린 것이다. 하나같이 모두 처참해진 잎새와 꽃잎과는 대조적으로 탱탱한 건강함을 간직하고 있는 가늘고 길쭉한 물봉선의 씨방 모습에 그나마 위안을 받기는 하지만, 꿀벌이 찾는 그 해의 마지막 풀꽃이라는 물봉선의 종말을 보며 농원의 가을이 한가운데로 성큼 들어섰음을 실감할 수 있다.

둥근 솔 흑송黑松 솔밭 고랑 사이에 무성하게 자랐던 쑥과 달맞이꽃, 개망초대를 뽑아 주고 솔나무를 타고 자랐던 새콩과 환삼넝쿨을 벗겨 주다가 밭 가장자리 돌 무더기에 걸터앉아 앞쪽 산자락의 숲과 나무를 바라다본다. 우뚝한 산봉우리 부근은 온화한 단풍색이 어느새 완연하다. 산록 아래쪽 아직도 푸른 기운을 머금고 있는 숲은 그 아래 밭둑 가장자리에 때 이른 단풍을 들이고 있는 단풍나무와 느릅나무의 붉고 노란 색조와 어울려 유려한 조화를 이루어 내고 있다.

이렇듯 각각의 자리에서 저마다의 모습으로 가을을 맞이하고 있는 농원엔 투명하고도 고운 가을 오후의 햇살이 가득하게 내려앉는다. 🔲

방갓골의 가을 단풍

가을의 길목에 선 늦여름의 물봉선

팔월 하순부터 꽃망울을 터뜨리기 시작한 물봉선은 아침저녁으로 날씨가 선선해지자 점차 그 수를 더한다. 무성한 잡초로 가득 차서 흐르는 물소리조차 잠겨 버린 듯하던 도랑의 둑방이 구월이 되면서부터 파랑과 노랑의 물봉선 꽃으로 환해진다.

여름의 마지막 들꽃, 늦여름의 물봉선. 곧 자취를 감추게 될 뭇 벌과 나비들이 그들의 못다한 겨울 양식을 찾아 분주하게 물봉선의 꽃을 찾는다. 구월 한 달 꽤 오랜 동안 흐드러진 모습으로 개화를 계속하는 물봉선은 무성하고 화려했던 여름 들꽃들의 퇴조를 거부하는 듯해서 안타까워 보이기도 하지만 여름의 짙푸른 색조를 잃어 가기 시작하는 농원의 분위기를 한결 넉넉하고 밝게 해준다.

방갓골 나래실아침농원은 구월 하순 어느 날 갑자기 기온이 떨어지고 무서리가 살짝 내리면서부터 가을의 기운이 깃들기 시작한다. 훅 하고 바람이 불면 후드득 떨어지는 물봉선의 꽃잎들이 도랑물 작은 웅덩이를 맴돌다 떠내려간다. 무서리에 풀이 죽은 물봉선의 잎새들은 따가운 초가을 한낮의 햇볕에도 결코 그 기력을 회복하지 못한다. 이때쯤이면 온갖 나무의 잎새들은 짙푸른 녹음의 기운을 서서히 떨쳐 버리기 시작한다. 바로 이때가 농원의 가을이 시작되는 때인 듯싶다.

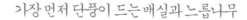

가장 먼저 단풍이 드는 매실과 느릅나무

꽃이 먼저 피는 매실나무. 커다란 가시가 잎 자리를 대신하는 때문인지 잎새의 수는 그리 많지 않은데 단풍 또한 어느새 빨리 물들어 일찍 떨어져 버리고 만다. 단풍으로 치자면 가장 볼품없는 부류에 속하는 것 중 하나가 이 매실나무가 아닌 듯싶다. 이른 봄 다른 꽃보다 일찍 화사한 꽃을 가득히 던져 준 것으로 나름대로의 소명을 다했다고 생각하는지도 모를 일이다.

느릅나무 역시 초가을 어느 틈엔가 순식간에 낙엽이 지는 것 같다. 느티나무와 같은 부류의 나무라 멋진 단풍을 기대했는데 어느새 낙엽이 져 버렸다. 느티나무보다는 잎새의 크기가 커서 느티나무처럼 밝은 황갈색이나 다홍 또는 노랑의 단풍이 들면 무척이나 황홀할 텐데.

어린 은행나무는 샛노랗게 물든 잎새를 재빨리 벗어던져 버린다. 여린 나뭇가지들이 산골의 초가을 날씨를 예사롭지 않게 느낀 것이 틀림없다. 아직도 푸름이 승한 쑥밭에 차곡히 떨어져 내린 은행나무 잎새가 유난히도 샛노랗다.

방갓골의 산록을 감싸는 연노랑빛 단풍 숲

시월 중순 방갓골은 가을색이 완연해진다. 방갓산 정상부터 물들기 시작하는 방갓골 산록은 연노랑 단풍이 주류를 이룬다. 어쩌다 다홍빛 단풍이 섞여 있기도 하지만 다갈색이 바탕을 이루는 노랑 색조의 단풍이 훨씬 풍성하다. 그래서 더욱 따스하고 넉넉하게 느껴진다.

짙푸른 녹음의 여름산보다 산록의 가슴과 어깨 부분이 훨씬 풍성해진 모습이다. 산의 푸른색이 하늘 쪽으로 뻗어 올라가는 기상을 느끼게 했다면 연노랑빛의 다북한 단풍잎은 산 전체를 부드럽게 감싸안는 기분을 갖게 한다. 화려하지는 않지만 온화함과 편안함을 안겨 준다.

올해 단풍색이 유난히 부드럽고 온화해 보이는 것은 단풍에 적절한 일기 덕분인 것도 같다. 늦여름과 초가을에 내린 충분한 강우, 맑은 날씨 덕분에 적당한 차이를 벌린 일교차 등으로 뭇 나무들이 순리적으로 그들의 가을색을 찾고 차분하게 겨울 채비를 하고 있는 것이다. 사람으로 친다면 장년기에 이르러 비교적 풍족한 여건 속에서 여유로운 노년을 준비하고 있는 모습에 견주어 볼 수 있을 듯싶다.

산딸나무와 자두나무, 신나무의 붉은빛 단풍

방갓골 단풍이 산허리 아래쪽까지 내려오는 시월 중하순이면 농원도 단풍의 절정을 맞는다. 많은 잎새를 가지고 있는 자두나무가 진 고동의 붉은 단풍잎을 달기 시작하는가 하면 산딸나무 역시 밝은 진홍빛의 무성한 단풍을 만들어 낸다. 단풍잎 색보다 더 진한 검붉은 색의 산딸나무 열매는 녹음보다도 더 무성한 빛을 발하는 단풍 속에 숨어서 살며시 얼굴을 내민다.

그리고 며칠 뒤늦게 진홍의 정열을 넉넉한 크기의 잎새로 더욱 강하게 내뿜는 것은 참나무과에 속하는 붉참나무 Pin Oak 다. 보통 참나무보다 빨리 자라는 속성이 있어 질붉은 단풍을 겨냥해 심어진 듯한 이 나무는 가을이 되면서 농원에서 그들의 존재를 가장 뚜렷하게 나타낸다. 우선 포기수가 많은 데다 단풍의 색조가 워낙 진하고 뚜렷하다. 또한 커나가는 모습으로 보아 시간이 지날수록 농원의 한가을의 색조는 바로 이 붉참나무가 만들어 낼 것 같다. 띄엄띄엄 서 있는 몇 그루의 보통 단풍나무는 색조가 워낙 환해서 마치 한밤에 여기저기 큰 가로등을 켜놓은 듯 현란해 보이기까지 한다.

농원 맞은편 계곡 중턱쯤의 언덕 위에서 바라보는 농원의 모습은 한 폭의 그림과도 같다. 농원을 둘러싸고 있는 북서편의 산자락까지 번진 노란 빛깔의 단풍 무리 속에 진홍眞紅의 색조가 가득한 농원은 마치 진주 속에 박힌 사파이어 보석과도 같다. 농원의 산사 바로 뒤편 갈색을 머금은 노랑빛으로 물들기 시작하는 낙엽송의 부드러운 색조에 농원의 붉은빛이 더해져 한결 우아한 조화를 이루고 있다.

낙엽송의 다갈색 노랑 단풍과 은사시나무의 빛나는 은회색 나뭇가지

부드럽고 넉넉한 기운의 노랑색 단풍이 갈색의 무게 있는 색조로 서서히 단순해져 갈 무렵 낙엽송이 다가섬을 문득 느끼게 된다. 길고 곧게 하늘 쪽으로 치솟아 보기에도 시원한 몸매를 자랑하던 낙엽송 무리는 일제히 다갈색이 깃든 노랑 잎새를 가득히 달고 산허리의 중간을 차지한다. 이 노랑 단풍 무리가

발하는 환한 빛 속엔 낙엽송의 나뭇결에 스민 붉은 색조가 은은하게 담겨 있어 자연의 신비로운 색채의 미학을 감상할 수 있게 해준다.

신비로운 색조의 낙엽송 단풍은 일주일여 후 다소 붉은 기운을 더하고 나서 싸늘해진 중추의 산바람에 우수수 떨어지는 낙엽이 된다. 가지를 떠난 낙엽은 함박눈처럼 숲의 땅 위를 소복이 덮고 멀리 흩날린 낙엽은 도랑의 물 위에도 가득히 떨어진다.

낙엽송의 환한 단풍 무리 저 맞은편 작은 계곡 아늑한 산록엔 이미 낙엽을 다 지워 버린 은사시나무 무리가 자리하고 있다. 잎새를 다 떨어 내버린 나무는 여름 내내 키운 수많은 곁가지를 드러내 보인다. 은회색의 은사시나무 둥치와 가지는 단조로운 갈색의 색감으로 쓸쓸하고 침울해져 가는 한가을 숲 허리 한 부분에 밝은 빛을 안겨 주고 있다. 눈부신 색조로 빛을 발하는 벌거벗은 은사시나무 군락은 산허리와 자락 이곳저곳에 늘 푸른 공간을 확보하고 있는 소나무, 잣나무 무리와 함께 올 겨울 숲에 생기를 더해 줄 것이다. 🖌

가을비 내리는 농원의 서정 抒情

추적추적 가을비가 내리고 있다.
지난 저녁부터 많지도 적지도 않게 내리기 시작한 비가 아침 이 시간
까지도 쉬지 않고 내리고 있는 듯싶다.
가을비치고는 꼬리가 짧지 않은 셈이다.

이른바 '인디언서머Indian Summer'라는 지난 여름의 심술 때문인지 한가을치고는 조금은 후덥지근한 날씨가 며칠간 계속되었다. 한가을답지 않게 나른하고 개운치 않았던 기운이 차분히 가라앉는 듯하다. 꽤 오랫동안 비를 맞지 않았던 대지와 수목 모두가 촉촉이 젖어 차가운 느낌 중에도 포근한 기운을 맛보게 해준다.

여름비처럼 굵지는 않은 빗방울이지만 더 차가워진 때문인지 숲 속의 나무, 단풍과 낙엽 위로 떨어져 내리는 빗소리는 더욱 선명하고도 부산하게 들려온다. 숲 속에 깊은 고요가 깃든 때문일까, 방울방울 줄기줄기 맺힌 빗소리가 소낙비보다도 더 크게 울리는 것 같다.

빗소리가 이리도 맑고 또렷하게 방울방울, 줄기줄기 가지고 있었던가. 아마도 가을에 내리는 비이기에 이렇듯 맑고 고운 소리를 내는 것이리라.

이따금씩 자잘한 빗소리보다 조금은 더 크고 둔탁하지만 역시 맑게 들려오는 소리가 있다. 낙엽이 떨어지는 소리일 듯싶다. '뚝' 하며 제법 주의를 끌 만한 소리로 숲 속의 정적을 깨고는 하던 낙엽 소리가 가는 빗소리에 묻혀 겨우 알아들을 만큼, 그러나 분명 빗소리와는 다른 긴 여운餘韻을 가진 소리로 맑게 들려온다.

빗물을 촉촉이 머금은 나뭇잎은 단풍, 낙엽, 아직은 단풍이 때 이른 잎새 할 것 없이 모두 한층 무게 있는 색조色調를 띠고 있다. 진홍眞紅과 선홍鮮紅빛의 직은 단풍잎을 달고 있는 홋잎나무(화살나무), 진홍빛 단풍잎을 거의 다 떨어뜨린 산벚나무도 짙붉은 빛이 잎새 속내 깊이까지 배어든 듯 농염濃艶한 선홍색을 띠고 있다.

한창 샛노랗게 잎이 물들기 시작한 뽕나무, 먼 가지의 잎새는 모두 지워 버리고 아래쪽 굵은 가지 부분에만 역시 밝은 노랑 단풍을 달고 있는 느릅나무, 절반쯤 노랑 잎새를 간직한 은행나무, 절반쯤 황갈색 나뭇잎을 떨어뜨린 산목련나무, 이들 노랑 무리의 나뭇잎은 달려 있는 나뭇가지에서나 떨어진 땅 위에서나 마치 노란빛 수채 물감이 묻어날 것만 같은 선연鮮姸한 색채를 발하고 있다. 늘 푸른 빛을 변치 않는 흑송黑松마저도 차가운 가을비에 자극을 받은 듯 심록深綠의 산뜻한 기운을 빗물에 풀어 내고 있다.

잎새를 거의 다 떨어뜨리고 휭한 나뭇가지를 허공에 높게 뻗치고 있는 매실과 자두나무는 가지 마디와 잎 눈자위의 몽근 부위에 은색으로 빛나는 물방울을 달고 있다. 가을비는 잎이 모두 져버려 쓸쓸한 가지에 그나마 작은 위안을 주고 있다.

가을이 깊어 가면서 탄력을 잃고 점차 빛이 바래 가던 나뭇잎이 빗물을 머금어 한결같이 몰라보게 생기 있고 밝은 색감의 기운을 되찾은 것과는 달리, 밝고 화사한 가을빛을 만들어 내던 것들은 가을비를 맡고 그 눈부신 빛과 기운을 모두 잃어버린 것만 같다. 화사한 가을 햇살에 눈부시게 빛을 발하던 것들은 그 기운을 죽이고 있는 반면, 빛을 잃었던 다른 것들은 빗물을 머금고 있는 동안이나마 말끔하고 산뜻한 모습으로 한껏 되살아나고 있다. 초췌하게 버려진 낙엽으로 돌아가기 전, 내면 깊숙한 곳에 자리한 본연의 색채를 마지막으로 마음껏 드러내는 것 같다.

햇살에 눈이 부시던 은회색銀灰色의 억새꽃 무리의 반짝임은 가을비에 씻겨져 모두 사라져 버렸다. 흥건하게 빗물을 머금은 억새꽃 무리가 고개를 떨어뜨린 채 묵묵히 서 있다. 밝은 회갈색灰褐色의 반짝거림으로 물결을 이루던 갈대꽃 무리도 빗물을 흠뻑 머금은 채 담담한 다갈색茶褐色의 무거운 느낌으로 고개를 숙이고 조용히 서 있다. 바람결에 가볍게 일렁이며 스삭거리던 갈대와 억새의 잎새도 가만히 숨을 죽이고 있다.

가을비로는 적지 않게 내린 비가 이제 그치는가 보다. 하늘이 훤해지고 지붕 물홈통에서 떨어지는 낙숫물 소리가 점차 간간해지고 있다. 어디론가 사라졌던 새들이 다시 농원으로 찾아들어 즐겁게 지저귀기 시작한다. 빗물을 머금은 노랑빛 감국甘菊과 보랏빛 쑥부쟁이 꽃이 더욱 선연하게 그 청초清楚함을 뽐내고 있다.

비가 완전히 그치고 햇빛이 비치자 농원은 고요 속에서 잠을 깬다. 정갈하고 청명한 햇살이 숲과 나무 속으로 찾아들고 빛과 그늘이 어우러져 새로운 모습이 생겨나고 생기가 돈다. 쏴하고 바람이 불자 낙엽이 후드득 우수수하며 떨어져 내린다. 🔲

새 생명을 준비하는 가을

가을은 모든 초목이 서서히 성장을 멈추고 한동안의 긴 휴식을 준비하는 계절로 우리에게 다가온다. 나무는 단풍을 들이고 잎을 떨어뜨려 빈 가지를 허공에 맡긴 채 발가벗은 모습으로 겨울을 맞는다. 키를 키웠던 풀 역시 마른 갈색 대궁이 되어 빈 들에 몸을 내맡긴다. 차가운 바람이 들판을 비껴 불고 고요와 적막이 찾아온다. 모든 것이 숨을 죽여 움직임을 멈추고 깊은 잠에 빠져든다. 그러나 눈 여겨 살펴보면 생명이 스러지는 소리가 우수수 들려오는 한가을에도 무수한 생명의 숨결이 살아숨쉬고 있는 모습을 발견하게 된다.

잎새가 떨어져 휑뎅그렁해진 나뭇가지에는 눈에는 잘 띄지 않지만 벌써 어느새 만들어진 잎눈과 꽃눈이 쉬지 않고 자라고 있음을 알 수 있다. 도랑 통나무 다리가에 있는 생강나무는 이미 초봄의 개화를 시작할 무렵의 건강한 꽃눈을 키워 나가고 있다. 잎새가 떨어지기도 전부터 일찌감치 새 눈을 키우기 시작한 목련나무는 잎새를 지우고 나서 더욱 생기 있는 꽃눈과 잎눈을 만들어 나간다.

이 나무들뿐만 아니라 다른 모든 나무도 이듬해 새 생명의 분출을 위한 준비를 조용히 진행하고 있다.

초겨울이 오기까지 나무보다도 더욱 왕성하게 새 생명의 준비를 서두르는 것은 이 년생 풀꽃들이다. 떨어진 낙엽, 스러진 풀대에 가려 잘 보이지 않는 새 풀싹이 무서리가 내리는 늦가을 추위도 아랑곳하지 않고 싱싱한 잎새를 키우고 있다.

늦여름부터 초봄에 새싹을 틔운 이들은 땅바닥에 바싹 몸을 붙이고 새봄에 키워 올릴 새순과 꽃대를 위해 온갖 영양분을 뿌리에 저장하는가 보다. 대부분의 새 풀싹은 이른바 '로제트Rosette' 모양으로 몸 높이를 낮추어 땅 위에 납작하게 엎드려 있다. 내년에 피워 올릴 풀과는 전혀 다른 모습으로 이들은 이 년의 삶 중에서 그 첫 번째 해 눈에 잘 띄지 않는 초년初年의 삶을 살아간다. 그래서 무성했던 뭇 풀들의 잎새와 대궁이 황갈색의 잔해殘骸로 사위어 들고 있는 농원의 빈 밭과 언덕바지를 다시 한 번 연두색 풀빛 공간으로 채색한다. 이제 곧 닥쳐올 겨울의 모진 추위에 그들의 작은 풀잎은 사위어 버리겠지만 뿌리만큼은 이를 견디어 지켜냄으로써 한 해의 자람만으로는 키울 수 없는 강건한 삶을 이루어 낼 것이다.

다년초의 풀들도 눈에 띄지는 않지만 늦가을 이 시간에도 쉬지 않는 자람, 새 생명의 씨앗을 키우고 있다. 씨앗은 물론 뿌리줄기로 그들의 영역과 생명체의 수효를 키워 나가는 벌개미취나 꽈리와 같은 풀꽃은 한여름 동안 땅속으로 뻗쳐 놓은 뿌리줄기에 탱탱한 새 눈을 만들어 새 봄이 오면 힘차게 솟구쳐 오를 준비에 여념이 없다. 알뿌리를 가지고 있는 수선화와 같은 풀꽃도 뿌리 조각 알알이 새 눈을 만들어 이듬해 쉽게 자라오를 준비를 진행한다.

뒤늦게 꽃을 피웠지만 이젠 마른 풀대를 말리고 있는 구절초나 아직 선명한 노랑색 꽃송이를 달고 있는 산국은 풀대의 그루터기 부근에 보일락

말락 한 새잎 순을 감추듯 키우고 있다. 이들 새 눈은 든든한 뿌리의 힘을 받아 겨울을 이기고 나면 봄의 기운이 퍼지자마자 재빨리 이 싹을 키우기 시작해서 우리가 가슴속에 담아둘 들국화를 피워 내는 것이다. 이들이 한 가을이 가는 동안 이런 새 삶의 준비를 소홀히 한다면 우리는 아마도 그 이듬해 구절초나 산국이 키워 올리는 수수한 들국화의 모습을 볼 수 없을지도 모른다.

　많은 것들이 성장을 멈추고 긴 겨울의 휴식을 맞이하여 겨울잠을 준비하는 시기에도 뭇 생명체들은 겉보기의 조용한 모습과는 달리 이렇듯 맹렬한 삶의 활동, 새 생명을 위한 준비를 그치지 않는 것이다.

　단숨에 자라 피어난 것과도 같은 들녘의 풀꽃들. 그들은 대부분 잎을 버린 빈 뿌리로 추운 겨울을 힘겹게 참아낸 것들이다. 들의 한 송이 풀꽃도 겨울을 나서 꽃을 피우기 위해 이렇듯 준비하고 기다리는 가을을 보낸다. 이들 모두에게 가을은 새 생명을 준비하는 값진 계절인 셈이다. 🔲

겨울

노래실

冬

이
야
기

산촌 농원의 느낌 가꾸기

농원은 물론 농원을 둘러싼 숲 전체가 깊은 고요에 잠겨 있다. 지난 여름과 가을의 농원과 숲은 온갖 풀벌레, 간혹 모습을 나타냈던 들짐 승들로 활기가 가득했는데, 이 초겨울의 농원은 쓸쓸하리 만큼 한적 하고 조용하다.

이른 아침 뒷산을 오르는 한 시간여 동안 아무런 살아서 움직이는 것들을 발견할 수 없었다. 몇 차례쯤 눈에 띌 것으로 생각했던 다람쥐나 청설모의 자취도 전연 찾아볼 수 없었다. 한두 차례 새소리를 들은 듯하지만 크게 주위를 끌 만한 것은 아니었다.

집 앞 도랑의 물소리마저 아주 작게 잦아든 초겨울 밤의 고요는 더욱 깊은 적막한 느낌을 가져다준다. 난로 속에서 타고 있는 나무의 불똥 소리만이 따스하고 훈훈한 느낌을 갖게 한다. 많은 생명체가 긴 휴식을 시작한 초겨울, 아직은 한겨울의 매서운 바람 소리나 스산하게 구르는 낙엽 소리는 들리지 않는다. 이렇듯 갑자기 조용해진 농원의 안팎은 쉬고 있다고 보기보다는 모든 것이 한꺼번에 정지해 버린 듯한 느낌이다.

지난주와는 또 다른 느낌의 농원. 오늘이 내일과 비슷하고 내일이 모레와 크게 다를 바가 없는 우리의 일상과는 달리 자연은 짧은 시간에도 끊임없는 변화를 지속하고 시각을 다투어 다른 느낌과 분위기를 연출해 낸다. 땅거죽이 살짝 얼어붙어 있던 농원의 흙길은 기온이 섭씨 영하 십 도까지 내려간 오늘 아침에는 단단하게 얼어붙어 버렸다. 통나무 다리의 판자 위에만 가볍게 서렸던 무서리가 오늘 아침에는 된서리가 되어 나뭇가지는 물론 흑송黑松 솔가지, 풀 섶, 밭자락에도 새하얗게 내려앉았다. 창고의 유리 창문에는 다채로운 무늬의 성에가 끼었다.

적막하고 고요하기만 한 농원의 모습은 이렇듯 다르다. 어제의 느낌이 다르고 오늘의 느낌이 또 다르다. 어제의 느낌이 특별했다면 오늘의 느낌은 더욱 각별하다. 그때마다 조금씩은 다르고 미묘하게 느껴지는 감성과 서정, 문득문득 떠오르는 생각을 쌓고 만들어 간다. 쌓아 가고 있는 느낌과 생각을 조금씩 가꾸어 나간다.

가꾸어 나가고자 하는 것이 어떤 방향인지는 알 수 없다. 다만 자연의 모든 것을 따뜻한 눈과 아름다운 마음으로 대하며 느껴 나갈 뿐이다. 사랑한다고 쉽게 말하기는 싫다. 언제 다시 미워지게 될지 모르기 때문이다. 그러나 함께 살아간다는 생각으로, 나만이 선택받은 존재는 아니라는 생각으로, 더불어 살아가는 마음으로 자연을 대하고 그들을 느껴 나갈 것이다.

지난주 일요일 아침 농원에서 눈을 떴을 때는 아련히 들려오는 낙숫물 소리를 듣고 간밤에 겨울비가 내렸음을 알 수 있었다. 그러고는 오랫동안 잠자리에 그대로 누워 을씨년스럽게 들리는 빗소리에 짐짓 몸을 웅크리기도 했다. 더없이 아늑하게만 느껴지던 잠자리를 털고 일어나서는 옅은 비안개 속에서 내리는 가는 겨울비를 창 밖으로 오랫동안 지켜보았다. 여름의 폭우나 장맛비에도 남다른 감상感想이 있고 가을비 또한 나름의 각별한 서정抒情이 있다면, 겨울비 또한 그만의 독특한 느낌이 없을 수 없다.

한 주가 지난 오늘 농원의 아침은 맑게 개어 있었다. 싸늘한 공기 속으로 눈부시게 부서져 내리는 햇빛을 받으며 마음과 몸 모두가 시리도록 투명하고 깨끗해지는 심신心身의 세정洗淨이라는 어떤 의식을 치른 듯한 느낌을 가질 수 있었다. 아직도 풋풋한 물기를 머금고 있는 통나무를 패면서 쪼개진 장작의 속살에서 풍겨 나오는 상큼한 나무의 향내를 맡고 일순간 머릿속이 시원해지는 느낌을 받기도 했다.

농원에서는 도시에서 결코 느낄 수 없는 다감하고 미묘한 자연의 느낌과 기운, 이들이 불러일으키는 여린 감성을 풍부하게 키우고 살풋한 서정을 다감하게 가꿀 수 있다. 내가 감성적感性的으로나 사념적思念的으로 미처 가지지 못했던 새로운 것들이 나도 모르는 사이에 내면의 무의식無意識 속으로 깊숙이 찾아들었을 것이다. 일상을 벗어난 이곳 산골 농원에서 자연을 마주하며 쌓게 되는 느낌 가꾸기는 내 생활의 일부로서 새로운 일상이 될 것이다.

지금 이 순간의 새로움과 각별함, 작지만 순수하고 소박한 것, 평범하지만 결코 흔하지 않은 귀한 것들을 느끼고 가꾸어 쌓아 나갈 것이다.

된서리가 내린 한겨울의 아침

계곡이 제법 깊은 농원은 여덟 시가 됐는데도 좀처럼 새벽의 기운을
떨치지 않고 있다. 계곡 아래 마을의 동편으로 툭 트여 있는 하늘만이
환한 아침의 기운을 펼치고 있다. 나래실 계곡의 안쪽과 농원은 아직
깨어나지 않은 찬 공기와 된 겨울 서리의 서슬이 예리하다.

농원 위쪽으로 오솔길을 걷는다. 신년 초하루부터 내렸던 서설瑞雪이 제법 쌓여 있어서 신천지에 발을 들여놓는 기분이다.

문득 딱따구리가 나무둥치를 두드리는 소리가 들려온다. 정확한 위치를 가늠하기는 어렵지만 그리 멀지 않은 곳에서 들려오는 소리다. 딱따그르르…… 수 초간의 짧은 간격으로 또 다른 소리가 번갈아 가며 들려온다. 딱따그르르…….

먼저 들려오는 소리는 다소 크고 둔탁하며 그 울림이 멀리 퍼져 나간다. 나중에 들려오는 소리는 조금은 작지만 떨림의 파장이 짧고 더 야무지다. 먼저 들려오는 소리가 보다 큰 나무둥치를 안고 있는 수놈의 소리라면 나중에 화답하듯 나무를 두드리는 소리는 그보다 작은 나무둥치에서 먹이를 찾는 암컷의 소리가 아닐까도 싶다.

한 쌍의 딱따구리일까, 아니면 어미 딱따구리와 아기 딱따구리의 소리일까. 먹이를 찾는 것일까, 서로 간에 어떤 대화를 나누는 것일까. 내가 한 번, 그리고 네가 한 번 일정한 간격으로 주고받는 나무 두들김 소리가 정답게 느껴진다. 고요한 아침 숲의 정적을 이들 딱따구리의 소리가 가볍게 흔들어 깨우고 있다.

눈이 더 두텁게 쌓여 있는 숲길을 오르지 못하고 계곡 아래쪽으로 되돌아 내려온다. 계곡 아래 먼 동편 하늘 쪽엔 환한 아침 기운이 더 많이 찾아들었다. 하지만 환한 하늘 아래 겹을 이루고 있는 먼 산등성은 무거운 암청暗靑 빛을 띠고 있다. 산봉우리가 뒤쪽에 있을수록 더 어두운 색을 띠지만 푸른 솔숲과 두텁게 쌓인 흰 눈이 어우러져 빛을 내는 때문인지 형형한 기운이 느껴진다.

겨울의 된서리가 내렸다. 나뭇가지에 하얗게 내린 서리의 편린이 예리하고 날카로워 보인다. 작디작은 얼음가루, 얇디얇은 얼음비늘. 나무나 풀에 눈같이 하얗게 내린 서리를 상고대, 또 다른 말로는 몽송霧淞, 무송霧淞, 수상樹霜이라고 부른다고 한다. 별반 들어 본 적이 없는 말이지만 낯설지만은 않다.

굵은 나무둥치, 가는 나뭇가지를 가리지 않고 얼어붙은 서리가 새하얗게 줄기를 감싸고 있다. 곧 해가 뜨면 쉽게 녹아내려 나무의 표피를 적시고 가지 끝이나 마디에 영롱한 물방울을 만들 것이다. 나무의 겨울눈은 이렇게 녹아내리는 몽송의 물방울을 좋아할까, 싫어할까. 겨울의 이 서리가 이들에게 이로운 것일까, 아니면 해로운 것일까.

겨울의 된서리는 구절초, 쑥부쟁이, 산국의 마른 풀대와 꽃 대궁에도 빈틈없이 내려앉았다. 서리는 또 가녀린 억새, 쓸쓸해 보이는 갈대의 잎과 줄기, 마른 꽃가지에도 새하얗게 내렸다. 신은 이 한겨울에도 메마른 씨앗들 하나하나에게 생명의 감로수를 전해 주는 것은 아닐까.

농원 아래쪽에서 하늘을 올려다보니 기울고 있는 반달이 시리도록 맑게 갠 서쪽 하늘의 중천에 떠 있다. 바짝 추워진 한밤의 겨울 산하에 차갑지만 밝고 고운 빛을 아낌없이 뿌려 주고 지금은 빈 껍질만 남아 있는 듯한 휑한 모습으로 하늘 한가운데 가볍게 걸려 있다. 더욱 찬란한 빛을 내쏘았을 별들은 기진해 버린 때문인지 한 가닥 남은 빛도 없이 이미 모두가 사라져 버렸다.

농원을 거닐며 그리 춥다는 느낌을 받지는 않았다. 구름 한 점 없이 날이 맑은 데다가 바람결마저 한 줄기도 느낄 수 없었기 때문일 것이다. 그러나 집으로 돌아와 온도계를 보니 수은주의 눈금이 영하 십사 도를 가리키고 있었다. 한겨울 날씨로 치더라도 결코 만만한 온도가 아니다. 이것이 바로 해 뜨기 전의 온도인 만큼 새벽녘에는 기온이 적어도 영하 십칠 도 가까이 내려갔을 것임에 틀림이 없다.

농원을 비추는 해는 아홉 시가 조금 넘어서야 집 앞 언덕 너머 남동편 산등성 위로 솟아오른다. 한여름 아침에는 다섯 시 이십 분쯤이면 동편 하늘 위로 떠오르던 해가 무려 네 시간 가까운 시차를 두고 떠오르는 것이다. 산등성을 따라 제법 울창하게 들어선 소나무 숲을 뚫고 솟아오르는 아침 해의 광채는 한결같이 강렬하고 눈부시다. 떠오르는 해를 쳐다볼 수 없을 만큼 강한 빛을 뿜어내고 있다.

이내 농원은 겨울 해의 투명하게 맑은 빛살로 가득 차고 농원을 온통 뒤덮고 있는 눈과 몽송의 반짝거림으로 또 다른 빛을 만들어 낸다. 떠오른 해의 햇살은 곧바로 동남쪽으로 향하고 있는 집 거실까지도 대담하게 찾아든다. 태고의 빛이 여기 농원의 대지와 들녘에 또 방 안 가득 쏟아져 내리는 것이다. 추위에 움츠러들어 빛을 잃고 있었던 상록의 겨울나무, 주목과 구상나무, 측백과 소나무들이 기운을 차리고 새 빛을 내기 시작하는 것만 같다. 🀫

눈 내린 겨울 농원

산촌설원山村雪園

올 겨울 들어 이미 몇 차례 눈이 내렸는데 눈다운 눈이 또다시 크게 내렸다. 한구석 빈틈도 없이 많은 눈이 농원을 가득 채웠다. 숲과 들, 밭과 길은 물론 나뭇가지, 풀대 위에도 눈이 쌓였다. 온 세상이 눈 천지가 되었다. 도랑의 통나무 다리는 겹으로 이불을 덮은 모습을 하고 있다. 그간에 내린 눈이 켜를 쌓고 있는 것이다. 도랑은 도랑 섶을 깊게 채운 두터운 눈 둔덕과 동글동글한 눈 모자를 푹 내려쓴 돌맹이 사이를 비껴 좁은 물길을 만들고 있다.

지난 늦가을에 집 가까운 쪽 도랑과 길가에 심었던 장미와 단풍나무는 모두 눈 속에 묻혀 버리고 말았다. 키가 작은 구상나무, 누운주목, 흑송나무는 눈을 함빡 뒤집어쓴 채로, 위나 옆으로 뻗은 잎가지의 검푸른 잎새는 얼어붙은 듯한 동록冬綠의 빛을 머금고 있다. 다른 키 큰 나무들은 마치 눈 속에 굳건한 뿌리를 박고 있기라도 하듯이 미동도 않은 채 하얀 눈 위에 선명한 그림자를 드리우며 서 있다.

늦은 아침의 햇살이 가득 퍼지고 있지만 큰 나뭇가지 위에는 소복하게 쌓인 눈이 그대로이고 큰 소나무의 솔가지 위에도 아직 떨어져 내리지 않은 눈꽃이 무겁게 얹혀 있다. 지붕 처마의 물홈통에 길게 매달려 있는 고드름은 처마를 따라 줄줄이 매달린 초가지붕의 고드름처럼 운치를 더해 주지는 않지만 그런 대로 농원 산방山房의 한 풍경을 만들어 내고 있다.

앞으로 훤히 내다보이는 나래실 계곡 아래, 농원 쪽으로 쓰러져 내릴 듯 가파르게 솟아 있는 방갓산 봉우리와 산록 모두가 두터운 눈으로 새하얗게 뒤덮여 있다. 모든 것들이 새롭게 창조되어 다시 태어난 듯한 원초적 기운이 느껴진다. 나래실산촌농원은 거대한 시원의 설국雪國에 둘러싸인 아름다운 설원雪園이 되었다.

여명黎明의 아침과 태초太初의 겨울 햇빛
농원의 여명은 나래실 계곡을 따라 훤하게 트인 동편의 첩첩한 산봉우리 위쪽 넓은 하늘에 검붉은 아침노을이 무리지기 시작하면서 밝아 온다. 그곳에도 더 깊은 눈이 쌓였을 먼 산등성 아래는 암청暗靑의 무겁고 어두운 색을 띠고 있지만 여명의 노을 빛을 받아 점차 밝아지는 산봉우리는 더욱

신묘한 빛을 띠게 된다. 좀 더 가깝게 있는 산봉우리는 엷고 부드러운 잿빛, 회색의 색감으로 보다 신비로운 입체감을 띠는 풍경을 만들어 낸다.

그러나 정작 해는 동편 하늘의 검붉은 노을이 엷은 하늘색 속으로 사라져 흩어져 버리면서 환한 하늘이 펼쳐지고 나서야 동남쪽 산등성 위로 눈부신 은백銀白의 섬광을 발하며 떠오른다. 겨울 해는 이른 아침 다섯 시가 넘으면 아침 노을을 만든 뒤 조금 더 시간을 보내고 나서 검붉은 노을 속에서 동편의 낮은 산봉우리 위로 붉게 떠오르곤 하던 여름의 태양과는 많이 다른 모습으로 떠오른다.

여름에는 동편의 먼발치 아래 봉우리 위로 떠오르던 해가 조금씩 남동쪽으로 자리를 옮겨 이 한겨울에는 농원 앞 언덕 건너편으로 높게 흘러내린 산등성 위로 떠오른다. 해가 뜨는 시각 자체도 많이 늦어졌지만 해가 농원보다도 높다란 산등성을 넘어 떠오르자니 더 많은 시간이 걸리게 된다. 그래서 한겨울 농원에 해가 뜨는 시각은 아홉 시쯤 된다. 여름 아침 일찍 갓 떠오르는 태양의 모습과 이미 떠오르고 나서 한참을 더 솟구쳐 산등성을 넘어 오르는 겨울 해가 같을 수는 없을 것이다.

그럼에도 산등성 위를 훌쩍 떠오른 해는 투명하고도 청량한 햇살을 농원 가득히 뿌린다. 무한의 시공을 단숨에 달려온 듯이 아무것도 담겨 있지 않은 것만 같은 햇빛은 모든 공간을 자연스럽게 끌어안는다. 속내를 다 비워 버린 듯 깨끗한 햇살이 눈밭 위에 곱게 부서져 무수히 많은 조각들로 반짝거린다.

농원의 겨울 햇살은 봄 햇살의 따사로움, 여름 햇살의 따가움, 가을 햇살의 따뜻함이 다하고 초겨울 햇살의 건조함마저 투과시켜 버린 무색, 무취, 무명의 원초적 빛, 태초의 빛이다. 무아의 빛, 그 자체에 아무것도 보태지지 않은 빛의 원소元素 바로 그것인 듯싶다. 그리고 설원雪原, 설원雪園에 가득 쏟아져 내리는 겨울의 햇살은 이 우주의 가장 순수하고 아름다운 속내인 것만 같다.

농원의 주인

가득한 햇살 말고 두텁게 눈이 덮인 농원을 차지하고 있는 것은 깊은 고요와 정적이다. 똑딱거리는 거실의 시계 소리, 이따금씩 솔숲을 비껴 지나가는 바람 소리, 난로 속에서 활활 타오르는 장작불 소리 등 하루 종일을 들어도 이 소리를 빼고는 아무 소리도 들을 수 없는 것 같다. 밤도, 아침도, 낮도 농원엔 적막과도 같은 고요와 정적이 흐른다.

큰 눈을 받아안고 있는 숲과 농원은 산짐승, 새들의 움직임마저 정지시켜 버린 듯하다. 눈 위에 흩어져 있는 낯선 발자국만이 그들이 어디에선가 생명의 숨결을 유지하고 있을 것이란 짐작을 하게 할 뿐, 이들의 소리를 들을 수는 없다. 농원의 사위가 고요하기만 하다.

한낮에 가득히 부시져 내리는 맑은 햇살, 한밤 가득히 쏟아져 내리는 아득한 별빛은 농원의 정적을 더해 줄 따름이다. 그들의 빛과 색은 정적의 그것들보다 더 가볍고 투명하고 맑아서 농원에 내려앉은 고요의 깊이만 더욱 깊게 만들어 준다. 이 시간 농원은 우주가 갓 태어났던 때와 조금도 다름없는 햇빛과 별빛을 받고 그때의 원초적인 고요와 정적 그대로를 되찾아 간직하고 있는 것만 같다.

농원은 지금 시원始原의 세계에 들어와 고립되어 있다. 마을의 마지막 집이 있는 곳까지는 눈이 치워졌지만 그곳으로부터 농원까지는 무릎 높이까지 쌓인 눈이 사람들의 발길을 거부하고 있기 때문이다. 자동차의 체인도 이 많은 눈길에서는 무용지물일 뿐이다. 굼뜨고 느리지만 사람의 걸음만이 농원의 접근을 그나마 가능하게 한다.

사람의 접근이 어려운 농원은 인적을 불러들일 수가 없다. 장화를 신고 농원 아래쪽 길을 걸어 내려가다 뒤돌아 다시 올라온다. 영하 이십 도 가까이 내려간 기온이 발과 귀, 그리고 온몸이 얼어붙을 듯한 추위를 가져다주기 때문이다. 마을 아래쪽으로는 아무런 발길이 나 있지 않다. 어제 눈길을 뚫고 올라왔던 발자국들이 새로 내린 지난밤의 많은 눈에 모두 파묻혀 버렸기 때문이다.

시시때때로 다른 농원의 느낌

누구의 발길도 거부하고 깊은 고요와 정적에 쌓여 있는 겨울의 농원은 모든 것들이 조용히 멈추어 있는 것만 같다. 하지만 시시각각으로 끊임없이 변화의 느낌을 주는 농원은 어느 계절이나 때를 가리지 않는다.

여명이 시작되는 어둑한 새벽 시간, 밝음으로 가득 차는 아침 시간, 눈부신 햇살과 청량한 공기가 충만한 한낮의 시간, 어스름이 고요의 깊이를 더해 주는 저녁 시간, 영겁의 느낌과도 같은 적막이 농원을 채우는 한밤의 시간. 어찌 보면 단조롭기 그지없는 일상적인 풍경의 연속이지만 매 순간마다 느끼게 되는 감정과 기분은 색다르다.

하루 종일 내리던 눈이 그치고 밤이 이슥해지면서부터 맑게 개이기 시작한 지난밤 겨울 하늘, 별이 가득한 밤의 느낌을 잊을 수 있을까. 짙은 암청暗靑과 무거운 회색 밤하늘에 무수히 떠 있던 별자리의 모습, 떠 있는 것이 아니라 얼어붙은 듯이 붙박여 떨리듯 명멸하는 빛을 흘리던 수많은 별들, 별빛을 받아 두꺼운 어둠의 층을 깨고 빛을 발하던 형형한 밤눈의 색조.

오래일 것만 같았던, 더 오래였으면 싶었던 밤하늘의 겨울 농원은 이미 아침을 맞고 어느새 하루 중간의 환한 대낮을 맞아 있는 모습 그대로를 숨김없이 드러내고 있다. 눈 덮인 겨울 나래실아침농원의 풍경과 느낌, 그것이 어느 꿈이나 환상 속에서의 일이 아니었기를 바란다. 相

그 해 겨울의 마지막 난롯불

아침 햇살이 더욱 밝고 화사해졌다. 해가 뜨는 시간도 한겨울에는 아홉 시쯤이던 것이 일곱 시 반으로 한 시간 반 정도가 앞당겨졌다.

그러나 농원은 아직 한겨울의 모습을 벗어나지 못하고 있다. 창으로 내다보이는 뜰에는 두터운 눈이 그대로 쌓여 있다. 산기슭에도 잔설이라고 말하기에는 더 많은 눈이 아직 녹지 않고 쌓여 있다.

아침 기온이 영하 오 도까지 떨어지기는 했지만 햇살이 퍼지자 차가운 기운은 모두 사라진 느낌이다. 언제까지고 눈가루가 바람에 날려 부서질 것만 같이 생기를 품고 있던 눈이 촉촉한 물기를 내비치며 스러져 내리기 시작한다. 오늘도 낮에 기온이 많이 오르면 더 많은 눈이 녹고 어쩌다 느껴지는 초봄의 기운이 조금은 더 가깝게 와 닿을 것이다.

기온이 영상 위로 훌쩍 올라갔던 어제 하루만 해도 햇빛을 정면으로 받아들인 둑 방과 길섶의 눈은 많이 녹아내렸다. 눈 녹은 땅 위로 오랜만에 모습을 드러낸 마른 풀잎이 새롭기도 하지만 지적하게 물기를 머금고 있는 흙의 모습은 아직 스산하게만 느껴진다.

화사한 햇살이 거실을 찾아들어 따스한 느낌을 가득 채워 주고 있다. 이제는 난로를 피우지 않아도 될 만큼 충분히 날씨가 따뜻해질 것 같다. 그래서 아침에는 오늘을 끝으로 이 겨울의 난로 피우기는 마쳐야겠다는 생각으로 불을 지폈다.

창을 통해 줄기를 길게 뻗친 햇살이 뜨거운 불길을 담고 있는 난로까지 비쳐든다. 장작 바구니에도 빛이 찾아들어 쪼갠 나무의 하얀 몸 색을 밝게 살려낸다.

　　지난 겨울의 난로에 불을 지피지 않는 것은 난롯가에서 도란도란 이야기를 나누며 보냈던 오붓한 시간, 된추위 속에서도 떨지 않고 누릴 수 있었던 따스함과 안락함, 바깥일 없이 한가하게 시간을 보낼 수 있었던 여유와 같은 것들과의 결별을 의미한다. 이제 아침저녁으로 두세 시간 이상이나 길어진 낮과 해의 길이는 그만큼 더 많은 시간의 바깥 활동과 노동을 의미한다. 이는 또 겨울 동안 난로에 가깝게 다가앉으며 추위를 물리치고자 몸을 움츠렸던 것과는 달리 무수한 땀방울을 흘리며 한여름의 무더위와 싸워야 할 때가 멀지 않았음을 말해 주는 것이기도 하다. 봄 동안 잠시 온화하고 따사로울 햇빛은 곧 뜨겁고 무더운 햇살로 나의 땀을 요구할 것이다.

　　이해 겨울의 마지막 난롯불이 활활 타오르고 있다. 오늘을 마지막으로 오랫동안 싸늘하게 식어 있을 난로를 바라보며 새삼 찾아드는 계절의 변화를 실감하게 된다. 또 그동안 익숙하고 정들었던 것들과의 일시적인 결별訣別에 대해서도 생각해 본다.

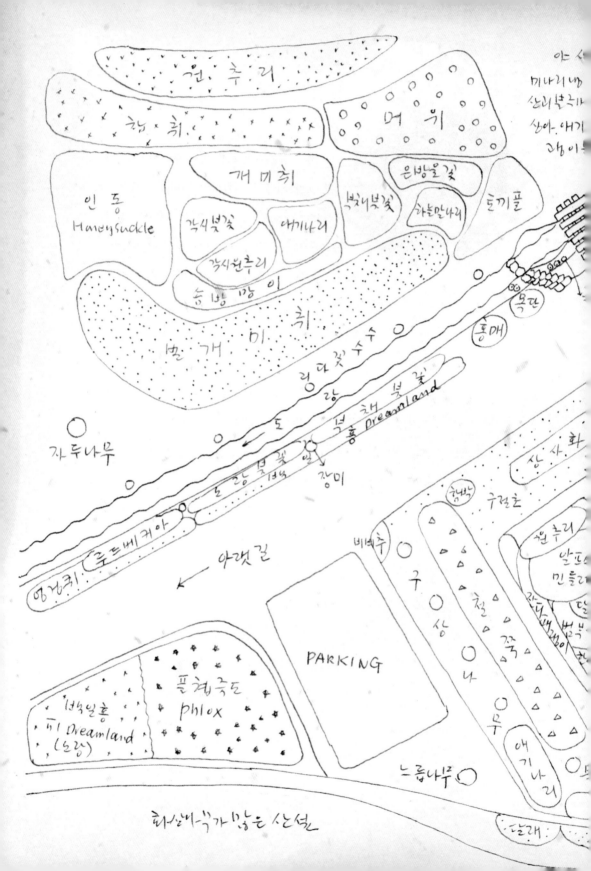

산국 수국 질경이

윗길 →

놋나물
비비추
옥잠화
백국나리
조선옥잠

비비추 승사화 봄채빛깔
족도리풀
줄기

찬더패랭이 원추리 취 · 참 취 · 원추리
잔더 금취 참
각시붓꽃 호랑나리 쳐니리마 리
바위 삼입국화 우산나물
산앵초화 루벡꽃 가 리
잔래 우산나물
가 리
주목
개미취
족도리풀
하늘나리
가 리
마타리

참나물
케일
아욱
쌈배추
상추

분꽃: 슈나리 봉선을
앙쪽게빼지. 오륵치....
채송화
금송화+Impatiens
산밤
샤스타데이지

E   S

N   W

측백나무울

명초
하늘말나리
봉숭아
숨지꾸미리 호롱꽃
원추리
채송화
리

작은
채마밭과 꽃밭들
SMALL IS BEAUTIFUL!
나래실 아침농원

뒷
뜰

농원의
가족들

그리 넓지 않은 공간이지만 나래실아침농원은

무수한 생명체의 삶의 터전이자 보금자리이다.

온갖 풀꽃과 나무, 새와 몇몇의 짐승, 벌과 나비,

있는 듯 없는 듯이 살아가고 있는 더 많은 생명체.

그들은 힘껏 다투듯 열심히 살아가지만

항상 순박하고 여유롭고 자유로와 보인다.

각자가 때와 장소를 알고 우주와 자연의 섭리에 순응하며

서로 의지하며 큰 욕심 없이 살아간다.

새소리, 물소리, 바람 소리, 피어오르는 구름과 비안개 등

살아 있는 생명을 갖고 있지 않은 것들도

우리 농원에는 그들의 자리가 있고 다른 가족과 함께

정겹게 살아숨쉬고 있다.

매실

홍매紅梅 옥매玉梅

집 앞 도랑가에 홍매紅梅 한 그루가 서 있다. 서 있다기보다는 자리를 잡
고 있다는 표현이 더 어울릴 것만 같다. 그리 키가 크지 않기 때문이다.
백오십 센티미터 쯤의 키에 사방으로 자잘하게 뻗은 가지의 넓이도 나무
의 키 높이와 비슷하고 동그스름한 덤불 모습을 하고 있다.

나뭇가지의 줄기는 마치 싸리나무를 닮았지만 잎은 둥근 모양의 싸리나무 잎과는 달리 좁고 길쭉하다. 잎새의 크기는 앵두나무의 잎새와 비슷하지만 표면이 그보다는 더 매끄럽고 얇아 보인다. 홍매의 열매는 그 생김새나 색깔이 앵두와 많이 비슷하지만 크기가 조금 작다. 옥매라고 불리는 매화나무보다는 일주일여쯤 늦게 꽃을 피우지만 새봄에 뿌리는 분홍빛이 신선해서 가장 눈에 띄는 꽃나무이며 꽃이 가득한 만큼 작지만 여러 종류의 많은 벌을 불러모으기도 한다.

지난해 몇 개 달리지 않았던 열매가 올해는 꽤 여럿 달렸다. 그래서인지 비가 오면 나뭇가지가 축 늘어져서 땅에 닿을 만큼 허리를 휘어 젖힌다. 끈으로 나뭇가지 허리 부분을 휘돌려 묶어 주었더니 보기 좋은 모습으로 스스로 몸뚱이를 지탱해 나가고 있다.

홍매와는 꽃의 모습과 색깔에서 완연히 비교가 되는 옥매玉梅. 도랑의 통나무 다리 왼편에 있는 홍매와 대칭이 되게 다리의 오른쪽 도랑가에 불과 한 해 전에 심은 것이다. 지난해 초여름 아파트 화단에 있는 큰 나무의 곁가지를 나누어 옮겨 심었는데 이십 센티미터쯤 되던 원가지는 말라죽고 한여름이 지나자 그 옆에서 새로 돋아난 세 치를 넘지 않는 두 개의 줄기가 겨울을 이겨내고 살아남았다. 혹이나 지나가는 발길에 밟힐까 염려가 되어 작은 나무토막으로 보호 줄막이를 해주기도 하고 액비와 퇴비를 주는 등 적지 않은 손길을 들였다.

이런 정성에 보답이라도 하듯 불과 십 센티미터도 되시 않는 두 개의 작은 줄기에 두세 개씩 겹매화꽃을 피웠다. 순백의 꽃 색도 그렇거니와 그 모습이 얼마나 탐스럽고 대견스럽던지 감동을 하고 말았다.

꽃이 지고 난 뒤 여름이 오기까지 작은 나무의 키 못지않게 자라오르는 잡초를 두세 차례 뽑아 주었다. 나무는 새 가지를 몇 개 더 벌린 것은 물론 한 자가 훨씬 넘는 키로 훌쩍 자라나고 있다. 이런 속도라면 십여 년 전에 심었던 통나무 다리 아래쪽의 홍매 못지않은 크기로 빨리 자라날 수도 있을 것 같다.

낙엽송으로 만든 통나무 다리 양쪽에 자리하고 있는 홍매 형님과 옥매 아우. 다른 이름을 갖고 있지 않은 이 통나무 다리의 이름을 '매화나무 다리'로 하면 어떨까 하는 생각을 해본다.

연분홍 매화梅花 꽃

과원에는 매실, 자두, 복숭아가 함께 어우러져 자라고 있다. 이들 모두가 각기 다른 모습으로 자라고 있지만 그 중에서도 꽃을 피우는 시기와 그 모양이 각각 다름을 쉽게 발견하게 된다.

세 과수나무 중에서 제일 먼저 서둘러 꽃을 피우는 것은 매실나무다. 겨우내 키워 낸 꽃망울을 사월 첫째 주쯤부터 벌리기 시작해서 둘째 주에서 셋째 주 사이에 활짝 꽃을 피운다. 지난해보다 꽃 피는 날짜가 사오일쯤 앞당겨진 듯한데, 필시 금년에 봄이 일찍 찾아온 때문일 터이다.

매실나무는 마음을 설레게 할 만큼 선연한 연분홍의 꽃을 피운다. 살색이 발그레한 산골 처녀가 하얀 분을 바른 모습과도 같다. 발그레한 얼굴의 볼 부분이 하얀빛 분에 감추어져서 언뜻 보면 분홍빛이 살짝 비껴 나

오는 것 같기도 하고 다시 어찌 보면 연분홍 바탕 위에 흰 분가루가 곱게
어려 있는 것 같기도 하다.

매실을 뒤따라 사오일의 터울을 두고 피는 자두꽃이 없다면 은은한 연
분홍의 매실꽃은 아마도 하얀 꽃으로 느껴질 수도 있었을 것이다. 매실보
다 수가 훨씬 많은 자두꽃의 은은한 연둣빛 바탕으로 인해서 선연한 매실
꽃의 분홍 기운이 보다 살아나 보이기 때문이다. 매실꽃이 완전히 지고
난 뒤 자두꽃이 지면서 피기 시작하는 복사꽃은 울긋한 분홍빛을 띤다.
짙은 화장을 한 젊은 여인의 요염한 얼굴 같은 느낌이랄까. 서둘러 제일
먼저 꽃을 피우는 매실나무는 그렇지 않아도 오롯하게 벅차오르는 새 봄
의 가슴에 연분홍빛 설렘을 채워 놓는다.

부드러운 털보숭이 청매실 青梅實

꽃이 지고 나서 두 달여가 되는 유월 중하순, 매
실나무는 엄지손가락 크기만한 매실 梅實을 단다.
지난해는 매실나무가 초봄의 서리 동해 凍害를 입어
거의 열매를 맺지 못했는데 올해는 제법 많은 매실이 열
렸다.

보드랍고도 뽀얀 미세한 털을 뽀송뽀송하게 바르고 있는 청매실. 병도
치르지 않고 탱탱하게 자라나면서 풍기는 푸름의 기운이 그리도 싱싱하
고 풋풋할 수가 없다. 이따금씩 밝은 햇빛에 노출되어 더욱 화사한 푸름
으로 그 본색을 드러내는 매실의 생기 넘치는 모습은 직접 그 모양을 보
지 않고는 느껴 보기가 쉽지 않을 듯싶다.

이렇듯 잔털이 뽀송뽀송하고 생생한 청매실이 건강에 좋다는 것은 이미 정평이 나 있는 사실. 아무리 그 모습이 보기 좋기로서니 이를 두고 보고만 있을 수는 없는 일. 더욱이 모든 것이 때를 놓쳐서는 안 된다. 그래서 매실 따기는 다른 모든 일을 제쳐놓고 유월의 일 순위 작업 과제가 되어 버렸다.

유월 둘째, 셋째, 마지막 주까지 세 번의 주말에 걸쳐 매실을 수확했다. 아내가 사다리를 잡고 나는 사다리에 올라 탐스런 매실을 땄다. 지난해 보잘것이 없었던 수확에 비해서는 크게 고무적인 일이 아닐 수 없었다. 토종꿀을 치러 주일마다 농원을 가로질러 산을 오르는 분에게 술이라도 한 통 담그라며 매실을 한 꾸러미 들려 드렸다. 평소 신세를 졌던 몇몇 지인들에게 한 상자씩 택배를 보내고도 두 항아리쯤 매실액梅實液을 추출할 만한 양을 남길 수 있었다.

부드러운 털복숭이 청매실이 제법 풍성한 열매를 맺었던 2002년의 봄은 아마도 쉽게 잊혀지지 않는 하나의 아름다운 계절로 기억될 것이다.

웬 황매실黃梅實!

여름이 무르익어 가는 칠월 하순, 크기가 살구만큼 커지고 밝은 등황빛이 묻어나는 황색 매실이 나무 아래로 몇 개씩 떨어진다. 나무의 윗가지나 도랑 쪽 나무의 옆가지 부분에 달려 있던 매실 열매가 무르익어 자연스레 떨어지고 있는 것이다. 익을 만큼 농익어 떨어진 녀석들이지만 그 살맛이 살구나 자두처럼 달지 않고 매실 원래의 새콤한 신맛을 잃지 않고 있다.

아직 땅 위로 떨어지지 않은 황매실 몇 개가 매실나무 잎새 사이로 언뜻언뜻 모습을 비춘다. 이들이 붉은 색깔로 익어 가고 있는 자두 열매와 그럴싸하게 어우러져 제법 풍요로운 농원의 운치를 만들어 내는 것 같다. 무엇인가 풍성한 기운이 농원 전체를 채우고 있는 것만 같다.

첫 수확Vintage ! 풍성함을 가져다준 매실이 내년에도 풍성하게 열려 주었으면 싶다. 🔲

자두 이야기

생기를 되찾은 자두나무

어느 해보다도 풍성한 수확을 안겨 주었던 2002년의 자두나무. 이제 열매를 모두 떨쳐내고 나서 후줄근해졌던 나무 잎새와 가지가 생기를 되찾고 있다. 힘겨울 정도로 많은 열매를 주렁주렁 달았던 나뭇가지, 혹심한 산고에 시달려 초췌해졌던 잎새와 가지가 산통에서 벗어나고 있는 것 같다.

나무는 장맛비가 내리는 동안 충분한 수액을 섭취하면서 산고로 지친 몸뚱이를 어느 정도 추스른 모양이다. 핏기 없이 힘겨운 모습을 하고 있던 산모가 조심스런 산후 조리로 해맑아진 새 모습을 되찾은 것과도 같이 나무의 모습이 한결같이 말끔해졌다. 축 늘어졌던 가지가 하늘 쪽으로 다시 뻗어 오르고 열매로만 흘러들던 수액이 잎으로 돌아 모든 나뭇잎이 검푸른 윤기를 띠며 건강한 모습을 되찾고 있다.

올해 자두 농사는 꽃 피는 시기가 예년보다 일주일이나 앞당겨 찾아와서 혹이나 봄서리의 피해를 보지 않을까 걱정을 하기도 했다. 꽃이 지고 나서 열매가 씨방을 만들기 시작할 무렵 꼭 한 번 농약을 뿌려 주고서는 별다른 손을 보태지 않았다. 열매를 솎아 주어야만 튼실한 열매를 수확할 수 있겠지만 주말만의 짬으로는 그 일을 하기가 어려웠다. 그럼에도 비교적 순조로웠던 봄 일기, 결실기에 풍부했던 햇빛이 몇 해 만에 볼 수 있는 자두 풍작을 가져다주었다.

수확이 끝나고 어느 만큼 휴식을 취한 나무는 홀가분한 모습을 하고 있다. 나무는 마치 언제 그런 산고의 아픔이 있었냐는 듯이 이제 내년의 또 다른 풍성한 결실을 위한 준비를 시작하는 것 같다.

모두에게 고루 혜택을 주는 자연의 섭리

벌레나 새, 벌과 같은 경쟁자를 물리치지 않고 잘 익은 탐스러운 과실을 얻고자 하는 것은 하나의 환상에 불과하다. 그 과실을 독점하려면 과실을 탐하는 다른 생명체들과 싸워서 그들을 물리쳐야만 한다. 화학제 농약으로 방제를 하든, 유기농법으로 병충해 예방을 하든, 천적을 이용하든 간에 나무 내부에서 발생하는 병해는 별도로 하더라도 이 나무를 먹이의 대상으로 하여 몰려드는 뭇 생명체들을 몰아내야만 한다. 그런데 그게 어디 그리 쉬운 일인가?

애초에 모든 생명체들의 고른 먹거리가 되던 과실을 사람 혼자만 이를 차지하겠다고 마음먹는 순간부터 이 독점을 방해하는 모든 다른 것들은 사람에 의해 철저히 차단되거나 살육된다. 뿌리에 기생하거나 나무기둥을 타고 오르는 벌레, 그 나뭇잎을 먹고 살아가는 또 다른 벌레들은 살충제에 의해 수시로 제거된다. 온전한 과실을 거두기 위해서는 과육果肉을 흠집 내는 벌레는 물론 잘 익은 과실의 과즙을 탐내는 벌과 나비, 새마저도 인간의 독점물로부터 차단되는 조치가 취해진다.

나래실아침농원에서는 다행히 이 자두나무가 어느 누구 하나에 의해 완전히 독차지되지 않는다. 그러나 모든 것을 자연에 맡겨 놓고 거의 손을 쓰지 않았던 지난해 과일 열 개 중 예닐곱 개는 이미 다른 생명체의 먹잇감이 되고 난 뒤의 찌꺼기여서 사람이 차지할 수 있는 분량이 너무 적다는 생각을 하지 않을 수 없었다. 그래서 올해는 열매 생육 초기 단계에서 단 한 번 약제를 살포하고 이른 봄에는 가지치기를 하고 밑거름과 액비液肥를 주기도 했다.

그런 손길을 더 준 결과인지는 모르겠으나 올해는 지난해와 반대로 열개 중 두세 개가 다른 생명체들의 먹잇감이 되고 나머지는 사람이 먹을 수 있을 정도로 열매가 올되게 익었다. 여러 사람들이 충분히 먹고도 남을 만한 양을 양보해 준 것이다. 올해의 경우라면 자두나무가 맺은 과실을 나누어 갖는 데 있어서 사람과 다른 생명체 간의 분배의 균형이 어느 정도 이루어졌다고 생각할 수 있을 것 같다.

꽃이 지고 난 뒤에 뿌린 한차례의 살충제로 많은 벌레를 물리쳤지만 열매 열 개 중 한두 개는 벌레가 과육 속에 아예 진을 친 것도 있고 벌레가 한참 즐겁게 부드러운 과육을 먹어치우고 있는 것도 있었다. 또 다른 열매는 벌이나 새의 먹잇감이 되기도 했다. 특히 가지의 맨 위쪽이나 해가 잘 드는 쪽의 잘 익은 과일은 쉽게 새와 벌 그리고 나비의 먹잇감이 된다. 터질 듯 무르익은 과육의 정수리 부분이 새의 부리에 찢겨져 깊게 파이거나 벌의 예리한 침에 의해 구멍이 뚫린 모습을 쉽게 발견할 수 있다. 열매의 과육이 찢겨져서 달콤한 과즙이 흐르는 곳에는 어김없이 나비가 찾아들기도 한다.

열매의 농익는 속도가 다른 과실에 비해서 매우 빨라 보이는 자두는 열매가 익고 난 뒤 그리 오랫동안 나뭇가지에 매달려 있지를 못하는 것 같다. 서둘러 무르익어 새나 벌의 먹이가 된 열매, 벌레가 먹거나 병이 들어 온전치 못한 열매는 물론 미처 제때에 거두어들이지 못하고 나뭇가지에 남겨 놓은 것은 며칠이 지나지 않아 툭툭 소리를 내며 땅 위로 떨어져 버린다. 열 개 중에 서너 개는 그렇게 해서 나무 아래 흙으로 되돌아가 거름이 된다.

사람이 거두어들이지 않으면 벌레나 새의 먹잇감이 되고 남은 대부분의 열매는 모두 땅 위로 떨어져 흙으로 되돌아간다. 사람이 거두어들이는 것을 제외하고는 다시 땅으로 되돌아간다. 즉 사람이 거두어들인 만큼 땅으로 되돌아가는 몫은 적어진다. 하지만 가지를 쳐주고 나무 아래 풀도 뽑아 주고 해마다 퇴비와 액비를 만들어 땅과 나무를 보살펴 주고 있는 만큼 사람이 거두어들임으로써 줄어들게 되는 땅과 나무의 몫은 어느 정도 되돌려 주는 셈이라고 할 수 있다.

과연 얼마만큼 되돌려 주어야만 하는 것일까? 사람이 자연으로부터 취할 수 있는 알맞은 몫은 어느 정도여야만 할까? 살아 있는 모든 것들이 적절한 조화를 이루며 더 오랜 동안 공존, 공생할 수 있는 최적의 균형은 어떤 것일까?

차가운 눈부심의 자도화紫桃花

자두는 은은한 연분홍의 매실꽃이 피기 시작해서 네댓째 날쯤 후부터 꽃망울을 벌리기 시작한다. 통통한 미백색米白色의 꽃망울이 파릇한 잎망울과 거의 동시에 선연한 흰빛 연두의 꽃잎을 피우기 시작한다. 연분홍 꽃색으로 한껏 봄의 기운이 부풀어오르기 시작하던 농원의 분위기는 산뜻한 흰빛 연두색의 차분한 눈부심으로 조용히 가라앉는 느낌을 안겨 준다.

은은한 연분홍 느낌의 매실꽃이 마치 옅은 화장을 한 신여성의 얼굴 같다면 흰빛 연두의 자두꽃은 아무런 화장도 하지 않은 순박한 시골 처녀의 해맑은 얼굴 모습이라고나 할까. 자두에 연이어 피는 복사꽃이 사랑 가득 자신감에 넘쳐 있는 신부의 모습이라면 시린 느낌의 은은한 기품을 품고 있는 자두꽃은 떠나간 님을 애타게 그리는 청초하고 애절한 여인의 모습이라고나 할까.

화사함과는 또 다른 더 깊은 눈부심으로 눈가의 떨림을 자아낼 만큼 애틋한 색깔의 자두꽃. 조용한 사색과 침잠의 느낌을 안겨 주는 자두꽃. 얼굴 한 번 제대로 들지 못하고 치마 깃을 여미며 문 안으로 숨어 버린 수줍은 여인의 자태와 향기를 가지고 있는 듯한 자두꽃. 자두꽃의 개화는 들뜬 봄의 기운이 충만하던 농원의 분위기를 차분히 가라앉히고 소생하는 봄의 실체를 조용히 음미해 보게 한다. 진한 꽃 내음이 있는 것은 아니지만, 매혹적인 화사함을 가지고 있지는 않지만, 조용한 꽃 무리로 봄의 한 중간에서 애틋하면서도 상큼한 기운을 농원에 선사하는 자두꽃은 그 어느 꽃에도 견줄 수 없을 것만 같다.

이李서방의 자두나무

자두나무는 키가 십 미터 정도까지 자라는 장미과의 낙엽성落葉性 큰나무다. 같은 장미과의 낙엽성 교목喬木이지만 높이가 삼 미터여밖에 자라지 않는 복숭아나무에 비하면 체통이 적지 않은 과수나무다.

완벽한 식물의 원조라고 할 수 있는 장미의 형질을 간직한 자두나무는 오얏나무, 오얏꽃 따위로 우리가 더 친근하게 알고 있는 나무다. 하지만 우리 주위에는 그리 흔하지 않기 때문에 이 자두나무의 꽃이 어떤 모습을 하고 있는지를 아는 사람은 많지 않은 것 같다. 나 역시 자두나무 꽃을 정확히 알게 된 지는 이 농원을 가꾸기 시작하면서부터로 극히 근년의 일이라고 할 수 있다. 하지만 이 꽃의 수수로움과 선연함에 매혹되어 어느 ㅣ나무의 꽃보다도 자두꽃, 자도화紫桃花를 많이 좋아하게 된 것 같다.

그런데 뒤늦게나마 자두나무에 이렇듯 아련한 정감을 느끼는 것은 아마도 나의 성씨가 바로 오얏 이의 이씨 성을 가지고 있기 때문인지도 모른다. 그것이 관념적이든 정서적이든 어렴풋하게나마 가지게 되는 나의 성씨와 오얏나무 사이의 동류 뿌리의식을 완전히 부정할 수는 없기 때문이다.

차분한 빛깔의 꽃, 신내 속에 담긴 새콤한 열매 맛, 자두가 풍기는 풋풋한 신선미와 생경한 소박함으로 인해 자두나무에 대해 더욱 오롯한 친근감을 느끼게 된다. 돌봐 주기가 결코 쉬운 나무는 아니지만 어떤 나무보다도 많은 생명체를 불러모아 다양한 생명 고리를 만들어 나갈 뿐만 아니라 꽃 피는 한때 격조 있는 아름다움을 농원 가득히 선사해 주는 이 자두나무를 우리 농원의 중심 나무로 키워 나가고 싶다. 🔲

쑥, 그 수수로움과 왕성한 생명력의 풀

농원 안길의 길섶은 온갖 풀로 무성하다. 쑥, 질경이, 바랭이, 현삼덩
굴, 고마리, 달맞이꽃, 쇠뜨기……. 길섶은 햇빛이 잘 드는 데다가 발길
이 미치지 않는 관계로 풀이 자라기에는 안성맞춤인 모양이다. 거기
에다 드물기는 하지만 농원 길을 오가는 사람들이 그나마 가끔씩이라
도 보아 주니 다투듯 왕성하게 자라나고 있는지도 모른다.

농원의 길섶이나 공터에 유난히도 무성하게 자라나고 있는 풀은 단연 쑥이 으뜸이다. 한때는 개망초가 무수히 많은 흰 꽃을 피운 뒤 사라지기도 하고, 키 크고 덩치 좋은 달맞이풀이 노랑꽃을 피우고 스러져 이미 마른 풀줄기만을 남겨 놓고 있지만 쑥은 이른 봄철부터 입때까지 푸름을 유지하면서 왕성한 생명력을 과시하고 있다.

모든 풀처럼 작은 싹으로 돋아나서 자라나기 시작할 때의 모습은 쑥도 제법 귀엽고 예쁘다. 그런데 키가 크면서부터는 점점 모양새가 없어진다. 늘 푸른 잎새를 달고 있을 뿐 키가 쑥 커버린 쑥은 좀처럼 꽃을 피울 생각도 하지 않는다. 시월이 다 되어서야 만드는 쑥 꽃망울은 꽃이라고 하기에는 너무나도 작고 잔잔하다. 그러나 쑥꽃의 수만큼은 만만치가 않다. 잎가지 사이사이마다 깨알만한 크기의 수많은 꽃을 달고 있는 것이다.

그러나 작은 꽃망울은 꽃다지의 것처럼 귀엽지도 봄맞이꽃의 그것처럼 깜찍하지도 못하다. 이게 꽃인가 하고 자세히 들여다보아야만 이들이 꽃을 피우기보다는 오로지 씨앗을 만들기 위한 씨방을 감싼 꽃의 형상을 하고 있다는 것을 알 수 있게 된다. 최소한의 꽃의 모습을 만드는 대신 최대한의 씨방 수를 만드는 것만 같다. 아무도 관심 있게 보아 주지 않는지라 종족의 보존과 번식을 위한 일에만 심혈을 기울이고 있는지도 모른다.

보아 주는 이가 없는 만큼 홀로 자라나는 생명력 하나만큼은 그 누구보다도 억세고 왕성하다. 일단 쑥 대궁을 한 포기 올린 뒤에는 옆으로 뿌리를 뻗고 그 뿌리에서 또 다른 쑥대의 움을 틔워 올린다. 이렇게 해서 사방으로 퍼져 나간 뿌리는 더욱 무성한 쑥 무리를 이루고 얼키고 설키게 뿌리를 뻗은 쑥은 마치 쇠덕석과도 같은 뿌리멍석을 지표 부분에 두텁게 형성한다. 쑥의 뿌리가 멍석처럼 땅의 표피를 덮게 되면 그곳에서는 어떤 식물의 발아나 성장도 일어나지 않는다. 어떤 풀이나 나무도 범접할 수 없을 정도로 배타적인 쑥의 생활 공간을 확보하는 것이다. 철저히 무시당하고 사는 만큼 더욱 철저하게 그들만의 생존 영역을 구축하는 것만 같다.

한여름 밤 성가신 모기 떼를 떼어 놓기 위해 모깃불을 놓을 때 쓰는 풀이 바로 쑥이다. 그 독한 내음으로 해서 모기들을 쫓아내는 데 적격인 것이다. 그런데 쑥에는 모기뿐만 아니라 다른 곤충이나 나비, 심지어는 진딧물이나 잎벌레 같은 해충도 덤벼들지 않는 것 같다. 쑥은 햇빛과 땅을 제외하고는 다른 생물들과 철저히 담을 쌓은 듯이 보인다.

이 나무 저 나무, 이 풀 저 풀을 가리지 않고 넝쿨을 감으며 하늘 쪽으로 뻗어 올라가는 새콩덩굴도 쑥에게만큼은 아예 범접할 생각조차 하지 않는다. 쑥이 워낙 마디게 천천히 자라기 때문에 새콩의 휘감아 올리는 성장의 욕구를 충족시켜 줄 수 없음을 이미 알아차렸는지도 모를 일이지만 어쨌든 쑥에는 아무런 피해를 주지 않는다. 키가 멀쑥한 달맞이꽃 대궁이나 키가 야트막한 흑송黑松 솔가지에는 한 그루 예외도 없이 새콩이 그들의 줄기를 뻗어 올리고 있는데 이들보다 더 무성한 쑥에는 기댈 생각조차 하지 않는 것을 보면 쑥은 어떤 비상한 자기 방어력을 가지고 있는 것만 같다.

어떻든 농원을 어느 정도 가꾸어진 곳으로 만들기 위해서는 한차례 이들 쑥과의 전쟁을 치러야 할 형편이다. 이들을 퇴치하지 않고서는 꽃다운 들풀이나 나무다운 나무마저도 제대로 키울 수가 없을 것 같기 때문이다.

지난 여름휴가 때 농원 입구에서부터 산방으로 이르는 길섶에 한창 무성한 쑥을 모두 베어 주었는데 언제 그랬냐는 듯이 더 무성한 쑥 무리가 기세 좋게 올라오고 있다. 좀 잔인한 일일지 모르지만 어차피 이들을 퇴치하기 위해서는 쑥을 뿌리째 뽑아 버려야만 할 것 같다. 문제는 사방으로 뻗어 있는 뿌리에서 또다시 왕성한 생명력으로 돋아 오를 이들을 생각하면 뿌리를 뽑는 것마저 한 번으로는 충분치 않을 듯싶다. 우선 큰 쑥의 뿌리 뭉치를 일차로 뽑아내 버리고 그 주위에서 자라나는 또 다른 쑥을 한두 차례 더 뽑아내야만 할 것 같다.

농원을 농원답게 되살리는 일, 당장 쑥을 뽑는 일부터 다시 시작해야만 할 것 같다.

소나무보다 강한 쑥

농원 앞 텃밭에 심어 놓은 둥근 솔 흑송이 그 푸름을 제대로 발휘하지 못하고 있다. 이식을 염두에 두고 다소 베이게 심은 탓도 있지만 그보다 큰 원인은 아마도 이들 솔나무와 치열한 생존 경쟁을 벌이고 있는 쑥 때문이 아닌가 싶다.

쑥이 사방을 포위하고 있는 곳에는 어김없이 둥근 솔이 하나같이 죽어서 추레한 몰골을 하고 있다. 두텁게 형성한 쑥의 뿌리뭉치가 솔나무의 뿌리가 뻗어 있는 땅속의 공기 순환과 호흡을 차단했을 것이다. 또한 땅의 표피 부분에 무수한 미생물에 의해 생성되는 각종 영양분을 쑥 무리가 재빨리 모조리 섭취해 버렸기 때문에 솔나무는 이렇다 할 자양분을 흡수할 수가 없었을 것이다. 질식과 영양 부족으로 둥근 솔 흑송의 적지 않은 수가 그들의 깊은 뿌리에도 불구하고 쑥과의 생존경쟁에서 도태되어 버리고 만 것이다.

쑥의 무섭도록 잔인한 생명력은 말라죽은 솔나무의 뿌리에까지 그들의 뿌리를 내리는 것을 보더라도 잘 알 수 있다. 솔나무가 죽자 뿌리 근처에 떨어진 씨앗이 싹을 틔워 그 뿌리 속에 그들의 또 다른 뿌리를 뻗어 생명을 부지해 나가는 것이다.

둥근 솔 흑송이 힘없이 죽을 수밖에 없었던 이유는 비단 쑥 때문만은 아니었을 것이다. 그물망처럼 기어오른 새콩넝쿨 또한 솔나무가 섭취할 영양분을 빼앗고 키 작은 솔나무 숲 속에 신선한 바람의 소통을 막았을 것이다. 새콩넝쿨은 솔나무 주위에 삐죽 올라선 달맞이꽃대나 개망초대 따위를 타고 마치 새 잡는 그물이라도 친 것처럼 촘촘하게 솔나무를 에워싸고 있다. 솔나무는 쑥에게 공격당하고 새콩덩굴에 포위당해 사면초가의 어려움에 빠져 있다고 할 수 있다.

이들 솔 흑송이 바로 옆에서 자라고 있는 동종의 솔나무와의 생존경쟁에서 패배한 것인지 아니면 그 주위를 포위하고 있는 쑥과 새콩넝쿨의 횡포에 희생된 것인지 정확히 밝힐 수는 없다. 그러나 점잖고 유순하지만 나름대로 끈기를 가진 솔나무마저도 이들 가운데서 생을 포기한 것을 보면 이토록 치열한 생존경쟁 속에서 그 생명을 부지하는 것이 결코 쉽지 않았다는 것을 알 수 있다.

잡초의 생존 방식, 천할수록 모질다

농원의 길섶에도 틈만 있으면 들어서는 쑥. 이들은 종족을 번식시키는 수단으로 최소한 두 가지의 신뢰할 만한 생존 방식을 확보하고 있다. 우선 아주 보잘것없는 꽃으로부터 생산되는 수많은 씨앗의 수로 이들의 다산성을 엿볼 수 있다. 땅속에서 뻗어나가는 뿌리줄기에 틔우는 새순만으로는 종족 번식의 욕구를 채우지 못하고 더 멀리 퍼져 나갈 수 있는 무수한 씨앗을 별도로 만드는 것이다.

보다 확실한 생존 방식은 싹을 틔운 쑥의 뿌리가 여러 해를 살면서 땅속으로 끊임없이 새 뿌리를 펼쳐 나간다는 것이다. 새로 뻗어 나간 뿌리는 새 쑥대를 올리고 이 쑥대는 또다시 꽃을 피워 무수한 씨앗을 만들어 낸다.

쑥의 모진 생명력을 엿볼 수 있는 또 다른 점은 가을 한중간쯤부터 내리는 산간의 무서리에도 아랑곳하지 않고 독야청청하다는 것이다. 시월 초순까지도 꾸준히 여리고 시린 꽃을 피웠던 물봉선은 어느 날 새벽 살짝 내린 무서리에도 파김치가 되어 버렸는데 늠름한 쑥의 무리는 한겨울까지도 푸름을 간직할 것처럼 씽씽한 모습을 보이고 있는 것이다.

돋보이지 않는 생김새와 오랜 견딤, 이것이야말로 아무도 별다른 보살핌을 주지 않는 쑥이 스스로 만들어 낸 생존의 지혜라고 할 수 있을 것이다. 쑥의 또 다른 생존 방식이 있다면 그것은 서로 간의 기댐과 얼킴이 아닐까 싶다.

기댐과 얼킴

비교적 곧게 뻗어 올라가는 쑥대와는 달리 쑥의 뿌리는 땅의 표피를 사방으로 뻗어 나가면서 심하게 뒤엉켜 있다. 특히 주변에 경쟁을 할 만한 다른 식물이 있는 경우 땅속으로 뻗어야 할 뿌리가 한결같이 옆으로 뻗고 수많은 곁뿌리를 내서 다른 식물은 아예 삶의 터를 잡을 수 있는 여백의 공간조차 허용하지 않는다. 그래서 위로 솟은 쑥대는 몇 개 되지 않지만 땅속에 숨어 있는 무수한 뿌리와 새눈은 그 주변의 땅 전체를 접수하는 것이다.

쑥은 그 어느 생물보다도 동종 간에 끈끈하게 뭉치고 연대하는 기댐과 얼킴의 지혜를 갖고 있는 것 같다. 그 유대가 너무 끈끈하고 억세서 다른 생명체와의 공생을 허용하지 않을 만큼 무섭다는 것을 제외하고는 말이다.

넝쿨식물의 횡포

신은 세상을 창조하면서 생각할 수 있는 최대한의 온갖 것들을 빚어 만들고 여기에 생명을 불어넣었음이 틀림없다. 땅에 발붙이고 사는 식물만 보더라도 그 모양이 천차만별인 데다 살아가는 방식 또한 워낙 다양하다. 그들이 삶을 꾸려 가는 모습을 조금만 유심히 살펴보면 다양하다거나 각자 개성이 있다거나 하는 정도의 표현만으로 그들을 설명하는 것이 턱없이 부족하다는 것을 잘 알 수 있다.

산과 들, 농원이나 정원 어디에서나 난폭한 횡포를 부리는 넝쿨식물의 생태만을 잠시 보더라도 식물군의 극히 작은 한 부류라고 할 수 있는 넝쿨식물의 양태가 얼마나 서로 다르고 또 유별난지를 발견하게 된다. 물론 넝쿨식물이라는 한 부류로 분류되어 이름이 지어졌다는 것 자체가 이들이 나름대로의 독특한 특성을 공유하고 있음을 짐작할 수 있게 한다. 홀로는 바로 서지 못해서 덤불을 만들기도 하고 기거나 휘감아 올라 다른 것에 의존하거나 도움을 받으며 얼키고 설켜서 살아간다는 점이 이들의 이름만 듣고도 생각해 낼 수 있는 공통점이라고 할 수 있을 것이다.

넝쿨식물이 일반적으로 가지고 있는 여러 가지 특성 중에서도 가장 두드러지는 것은 아마도 천성적인 유연성柔軟性일 것이다. 그 누구도 필적할 수 없는 동화력과 유착성을 가지고 있다. 이들은 혼자서는 곧추설 수 없으므로 덤불을 만들기를 좋아하고 덤불을 이루기 위해서 솟아난 줄기가 무수히 많아 이들을 베어 버린다 해도 요행히 화를 피해 갈 수 있는 가능성이 높다.

또한 자기 중심을 세울 수 있는 주간主幹을 제대로 키울 수 없다 보니 주위에서 더 높고 더 크게 살아가는 것들에게 손을 뻗고 몸을 의탁해서 살아가는 탁월한 빈대 근성, 흡착력吸着力을 가지고 있다. 일단 기댈 수 있는 물체나 곧은 식물을 발견하면 무섭게 타고 오른다. 죽은 풀대궁이나 마른 나무줄기보다는 살아 있는 물체를 훨씬 더 선호한다. 스스로도 커나가지만 의지하는 살아 있는 식물체의 성장에 따라 또 다른 덤의 자람을 도모하는 것 같다.

무엇인가 타고 오를 수 있는 것이 없을 때는 그것을 만나게 될 때까지 줄기차게 뻗어 나간다. 이때 뻗어 나가는 속도는 가히 위협적이다. 사실

넝쿨식물의 본성은 다른 것에 의지해서 뻗어 올라가기보다는 옆으로 뻗어나가는 것일지도 모른다. 옆으로 뻗어 나갈 수 있다는 것은 그만큼 그들의 영역을 다른 것으로부터 방해받지 않고 차지할 수 있다는 이야기가된다. 넝쿨식물보다 키 크고 세력이 좋은 것들이 있어서 이들과 경쟁해서더 많은 햇빛을 확보하기 위한 것이 바로 그들이 다른 것에 기대어 하늘쪽으로 기를 쓰고 기어오르는 이유일 것이다.

넝쿨식물처럼 그렇게 변변치 못한 연약한 줄기를 가지고 그리도 왕성한 성장을 이루는 식물은 찾아보기 힘들다. 그런데 남다른 삶의 지혜로유연하고도 슬기롭게 살아가는 넝쿨식물이지만 그들 대부분이 공통적으로 지닌 치명적인 약점이 있다. 누구에게나 아킬레스건은 있게 마련이지만 넝쿨식물의 그것은 훨씬 더 위태로울 수 있다.

그 위험은 생명의 끈을 너무나 빠른 속도로 길게 늘어놓는다는 데 있다. 온 나무 한 그루를 뒤덮고 있는 성긴 넝쿨도 잘 살펴보면 한 줄기 넝쿨이 그 나무를 타고 올라 전체를 뒤덮고 있는 경우가 많다. 아무리 큰 넝쿨, 덤불이라 하더라도 그들이 가지고 있는 줄기의 크기는 작은 나뭇가지정도다. 그중 훨씬 굵은 줄기도 있을 수 있겠으나 넝쿨은 보호의 대상이기보다는 달갑지 않은 제거의 대상으로 주로 인식되어 그렇게 굵은 줄기를 가지고 있는 넝쿨은 발견하기 쉽지 않다.

스스로 서지 아니하고 의존해 있기 때문에, 다른 이의 힘에 의지해서불완전한 존립을 유지하고 있는 만큼 넝쿨식물은 의외로 쉽게 무너질 수있는 취약점을 갖게 되는 것 같다. 쉽게 이루는 일은 쉽게 무너져버리고,지나치게 한편으로 치우치는 것은 또 다른 결핍이나 불균형을 초래하는 인간사 자연의 순리를 넝쿨식물의 삶이 보여 준다.

그러나 넝쿨식물이 보여주는 삶의 진면목은 거기에 있는 것이 아닐 듯 싶다. 넝쿨식물은 보다 치열한 삶의 투쟁, 오로지 생존만이 삶의 유일한 목표인 듯이 살아가는 것들의 본 마음이 무엇인지를 잘 보여준다. 불행히도 넝쿨식물은 어느 시점이 되면 자의든 타의든 자기가 자랄 수 있도록 도와준 지원자, 동료의 생명을 위협하는 무서운 존재가 된다. 타고 오른 생명체의 맨 위쪽까지 진출한 넝쿨식물은 영역을 급속도로 확장시켜 자기가 그곳에 있게끔 해준 생명체의 목줄을 조금씩 졸라매는 것이다.

살아남아야 한다는 오직 한 가지의 욕심이 제 생명의 은인을 죽음으로 몰아간다. 넝쿨식물의 진면목은 비록 배은망덕背恩忘德하다 하더라도 삶을 위해서는, 또 종족의 번식을 위해서는 처절하게 싸워 이겨야 한다는 생명의 원초적 본능에 있다 할 것이다.

칡넝쿨

이런들 어떠하리 저런들 어떠하리. 이리 얽히고 저리 설켜서 세태를 거스르지 않고 두루뭉술하게 살아가는 삶의 한 방식을 떠올리게 하는 칡넝쿨은 그렇게 생각처럼 둥글둥글하게만 살아가는 생명체는 아닌 것 같다.

높다란 나무의 긴 나무줄기를 타고 올라 그 나무의 잎 무더기 위에 그 나무보다도 훨씬 더 넓은 잎을 가득히 펼치는 칡은 자기의 생을 부지시켜 주는 나무나 관목의 생명은 아랑곳하지 않을 만큼 가히 위협적이다. 칡은 어두침침한 숲 속 그늘에서도 용케도 밝은 빛이 있는 쪽으로 손을 뻗치고 이내 나무줄기를 찾아 고공행진을 시작한다. 나무줄기를 타고 쉽게 뻗어 올라 일단 어느 식물의 맨 위쪽까지 진출하면 칡은 훨씬 더 유리한 방식으로 햇빛을 독점하여 뿌리에 많은 양의 에너지를 축적하고, 그 축적된 에너지로 세력을 더욱 확장하여 자기의 디딤돌이 되어 주었던 생명체를 죽음으로 몰아간다.

칡은 한동안 농원과 산이 맞닿는 고섶과 산자락에 위협적인 존재로 군림해 왔다. 여러 해에 걸쳐 고개를 산자락에 두고 있던 산벚나무, 소나무, 참나무, 밤나무를 가리지 않고 타고 올라 아름답고도 멋진 조화를 연출하는 숲의 모습을 무너뜨렸던 것이다. 칡넝쿨에 햇빛을 빼앗긴 나무는 잎을 만들지 못하고 칡넝쿨 아래 파묻혀 서서히 무너져 내리기 시작하고 있었다.

숲 속에 들어가 엄지손가락 크기보다도 더 굵은 칡 줄기 수십 개를 잘라 내고 긴 줄기의 칡넝쿨을 끌어내리는 큰 작업을 해내야만 했다. 칡넝쿨을 걷어 냈지만 흉측스런 모습으로 엉거주춤하게 서 있는 나무들은 이 일이 있고 나서 이 년이 지나서야 어느 정도 정상적인 수형을 되찾고 건강하게 살아나는 모습을 보여주기 시작했다.

이제 산자락의 나무숲은 여러 나무들이 다투어 자라되 잘 조화를 이루는 모습을 보여주고 있다. 그러나 칡넝쿨의 공세는 그간에도 끊임없이 이어지고 있다. 한 해 한차례씩은 칡넝쿨 퇴치 작전을 수행해야만 이들의 기승을 좀 더 손쉽게 방지할 수 있다.

사위질빵넝쿨

시집간 딸을 끔찍이도 사랑하는 어머니가 진심으로 사위를 위하는 사연이 그 이름에 담겨 있는 풀이 사위질빵이다. 그런데 연약하기 이를 데 없는 줄기 식물로 알려진 사위질빵은 그 이름만큼 여린 넝쿨식물이 아니다. 해묵은 사위질빵은 줄기가 팔뚝 굵기만한 것이 있어서 톱이 아니면 잘라 내기 어려운 경우가 적지 않다.

주로 길섶이나 도랑둑, 언덕바지에 잘 자라는 사위질빵은 그 넝쿨이 타고 오른 나무를 뒤덮고 칠월 하순부터 팔월 중순까지 약 한 달 동안 새하얀 꽃 무더기를 만든다. 사위질빵에 포위된 나무는 자기 모습을 완전히 잃어버린 채 서서히 무너진다.

연약하게만 보이는 사위질빵의 줄기는 무수한 잎새를 달고 햇빛을 독차지해서 만든 영양을 뿌리로 보내 이듬해 더 왕성한 자람을 준비한다. 새로 뻗어 나온 사위질빵의 줄기는 연약해서 잘 끊어지지만 해를 묵은 줄기는 생각보다 무척이나 단단하다. 특히 사위질빵의 뿌리는 매우 질긴 데다 깊게 뿌리를 내리고 있다. 웬만한 힘으로는 이를 뽑아내기가 쉽지 않다. 상대적으로 줄기가 약한 약점을 가지고 있는 만큼 생명의 모체가 되는 뿌리를 강하게 만드는 생존의 지혜를 키워 온 것 같다.

농원으로 오르는 왼쪽 언덕에 있는 단풍나무를 타고 오른 사위질빵넝쿨은 얼마나 심하게 나무를 옥죄고 있는지 그 넝쿨을 걷어 낼 재간이 없어 큰 나뭇가지 몇 개를 잘라 내야만 하기도 했다. 여린 이미지의 사위질빵은 피는 꽃의 모습도 연미색의 순박한 느낌을 주지만 결코 귀엽게 대할 수 없는 넝쿨식물다운 고약한 넝쿨식물이다.

새콩, 새팥넝쿨

새콩이나 새팥넝쿨은 그 크기가 콩이나 팥에 비해서 작기도 하고 또 넝쿨이 지는 특성을 가지고 있어서 농작물로 키우는 콩이나 팥과는 적지 않게 달라 보인다. 하지만 잎이나 씨앗 꼬투리의 모습이 서로 닮아 있어서 새콩, 새팥이라는 이름이 붙여진 모양이다. 야생의 풀인 새콩, 새팥으로부터 우리가 먹거리로 기르는 콩과 팥이 개량된 것인지도 모른다.

여하튼 새콩이나 새팥의 가장 큰 특징은 위쪽으로 오르는 다른 물체를 타고 오른다는 것이다. 개망초, 물봉선, 쑥부쟁이, 산국, 꽈리, 홍화는 물론 흑송과 같은 나지막한 나무도 가리지 않고 기어오른다. 보다 극성을 부리고 자라오르는 것은 줄기도 가늘고 잎도 더 작은 새콩인데 이들은 번식력 또한 뛰어나서 쉽게 개체 수를 늘려 나간다.

한 가지 이상한 것은 이들 새콩이나 새팥이 그 흔한 쑥 대궁에는 범접을 하지 않는다는 점이다. 새콩이나 새팥은 다른 넝쿨식물처럼 위협적으로 무성해지거나 해를 묵혀 가며 공세를 펴지 않는다. 그러나 다른 식물의 줄기를 감고 올라 이들을 제거하기가 보통 성가신 것이 아니다. 또한 이들을 제거하지 않고 결실을 마칠 때까지 내버려두면 말라서 남아 있는 모습이 아주 지저분하고 흉물스러워 보인다. 크게 해로운 것은 아니지만 두고 보기가 어려운 것이 이들 새콩과 새팥넝쿨이다.

환삼넝쿨

환삼넝쿨은 넝쿨의 휘감김이 그닥잖은 대신 여린 줄기에 가시를 돋우고 있다. 나무에 나는 가시처럼 단단하면서도 예리한 것은 아니지만 맨 손으로 만지기는 쉽지 않다. 줄기나 나무를 감아 오르는 성향이 적은 대신 맨 위쪽으로 넝쿨을 뻗어 덤불을 만드는 데는 이력이 나 있다.

너무도 왕성하게 자라는지라 환삼넝쿨이 자라는 곳에는 어떤 나무나 풀도 그들의 모습을 드러낼 수가 없을 정도다. 하도 자잘해서 꽃 같이 보이지도 않는 연둣빛 꽃은 어찌 그리도 송이송이 많이 피는지, 꽃이 핀 넝쿨을 툭 건드릴라 치면 마치 황토 먼지와도 같은 꽃가루가 풀썩풀썩 떨어져 내린다.

청가시넝쿨과 찔레넝쿨

칡이나 사위질빵에 비해서는 그 줄기가 가늘지만 청가시넝쿨은 줄기의 시작이나 끝 부분의 굵기가 비슷하고 마딘 데다가 단단하고 날카로운 가시를 가지고 있다. 청가시넝쿨은 망개넝쿨이라고 해서 도톰하게 생긴 잎으로 망개떡을 싸는 재료로도 이용되고 있는 청미래넝쿨과는 조금 다르다. 이 넝쿨은 그나마 검은 자줏빛의 열매 송이를 맺어 겨울 숲의 삭막함을 달래 주기도 하지만 선홍빛 붉은 열매를 맺는 청미래넝쿨보다는 더 거칠고 무성하다.

청가시넝쿨은 잡목이 들어선 숲 속이나 찔레넝쿨이 진을 치고 있는 언덕바지 부근에는 어김없이 자신을 드러내 보인다. 특히 찔레넝쿨이 성한 곳에는 청가시넝쿨이 함께 어우러져 난공불락의 가시덤불을 만들어 놓는다. 소나무 동산의 도랑 쪽에 있는 소나무 한 그루는 이들 찔레넝쿨과 청가시넝쿨의 협공을 받아 질식사 직전까지 간 경우도 있었다. 더구나 그 소나무는 가지 한쪽에 벼락까지 맞아 흉한 몰골을 보여주고 있었다.

해를 묵어 줄기가 굵어진 찔레넝쿨은 큰 가시를 달고 있는 데다 수도 없이 많은 잔가지를 벌려 위로 키를 키우며 소나무의 중간 가지 부위까지 감싸안았다. 또 찔레넝쿨 사이로 줄기를 뻗어 올린 청가시넝쿨은 소나무 주간을 감고 올라 소나무가 옴짝달싹하지 못하는 상황을 만들고 있었다. 함께 뒤엉킨 찔레와 청가시넝쿨을 아래쪽으로 잡아당길라 치면 옆으로 뻗은 소나무 가지가 통째로 부러져 내릴 정도로 얽히고 설킨 모양이 심각했다. 결국 높다란 사다리를 놓고 수많은 넝쿨 줄기를 하나하나씩 조심스레 잡아당기는 식으로 오랜 시간 작업을 하고 나서야 불쌍한 소나무를 찔레와 청가시넝쿨의 미수에서 해방시킬 수 있었다.

아마도 청가시넝쿨과 찔레넝쿨 간에는 이른바 합合이라는 인연이 깃들어 있는 듯하다. 누가 일부러 찔레넝쿨 주위에 청가시넝쿨의 씨를 뿌리거나 이 넝쿨을 옮겨 심지는 않았을 텐데 이 두 넝쿨나무가 때때로 함께 자라는 것을 보면 우연이라고 보기만은 어렵다는 생각이 든다. 또 이들이 자리하고 있는 모습을 보면 실제로 서로가 서로에게 필요한 존재일 듯도 싶다.

찔레넝쿨은 큰 가시덤불을 만들며 가지를 바깥쪽으로 멀리 뻗어 내면서 자기의 영역을 확장한다. 하지만 뻗어 나온 가지 하나하나를 들추고 찔레넝쿨의 뿌리 부분을 공략하는 것은 그리 어려운 일이 아니다. 그런데 찔레덤불 주변에 청가시넝쿨이 가시 돋친 줄기를 세우고 있으면 사정은 달라진다. 찔레 줄기의 아랫부분으로 접근하기가 매우 어려워진다. 청가시넝쿨은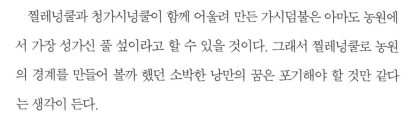
어떤 위험 요소가 찔레넝쿨 줄기 둥치 가까이 접
근하는 것을 막아 주고, 찔레넝쿨은 가지를 넓게
뻗어 찔레덤불 속에 줄기를 세운 청가시넝쿨이
눈에 잘 띄지 않게 보호막을 만들어 주는 호혜의 관
계를 유지하고 있는 것만 같다.

　찔레넝쿨과 청가시넝쿨이 함께 어울려 만든 가시덤불은 아마도 농원에
서 가장 성가신 풀 섶이라고 할 수 있을 것이다. 그래서 찔레넝쿨로 농원
의 경계를 만들어 볼까 했던 소박한 낭만의 꿈은 포기해야 할 것만 같다
는 생각이 든다.

　앞서 적어 본 넝쿨식물 이외에도 사실 농원에는 더 많은 종류의 넝쿨식
물이 있다. 호두같이 생긴 모양의 씨앗 꼬투리를 공중 높이 매다는 까마
귀오줌통이라고 불리기도 하는 쥐방울덩굴이 있다. 또 새쪽박이라는 토
속적인 별칭을 가지고 있는 박주가리는 성가신 넝쿨을 만들기는 하지만
자잘한 자줏빛 꽃송아리가 청량한 향내를 짙게 뿜어낸다. 새하얀 솜털 씨
앗을 가득 담은 박주가리의 꼬투리는 특이한 생김새의 씨앗 주머니로 겨
우내 그럴싸한 볼거리를 제공해 준다. 이들은 농원의 구석진 어느 한 곳
에 알게 모르게 자라나서 나무를 타고 오른 뒤 열매가 익고 나서야 그 모
습을 드러내기 때문에 다른 넝쿨식물처럼 그렇게 큰 구박을 받지는 않는다.

　박해와 죽임을 당하는 넝쿨식물이 있는가 하면 농원에는 사랑과 보호를
받는 것도 있다. 넝쿨 모습도 가지런하고 꽃 모양이 예쁠 뿐만 아니라 꽃
향기 또한 그윽한 인동넝쿨이 그 하나이고, 익은 열매의 모습이 무척 아름

다운 노박넝쿨이 그 다른 하나다.

  도랑 옆 작은 동산을 뒤덮고 있는 인동넝쿨은 유월 한때 긴 대롱의 흰 꽃을 피우면서 은은한 향내를 내뿜는다. 시간이 지나면서 꽃은 연노랑으로 변하다가 이윽고 등황의 밝은 금색을 띤다. 노박넝쿨은 여느 다른 넝쿨식물 못지않게 성하게 줄기를 키워 올리는 식물이지만 잎이 지고 나면 줄기 가득히 밝은 주황색 열매를 단다. 노박넝쿨의 열매는 밝고 아름다운 모습으로 겨울 농원을 지켜 주는 덕분에 각별한 사랑을 받는다.

  이 한두 가지를 제외하면 대부분의 다른 넝쿨식물은 모두 의도적인 퇴치의 대상이 된다. 면밀한 예방이나 퇴치 작업을 벌이지 않으면 산촌 농원의 곳곳, 산 섶, 길섶의 여러 곳을 무차별적으로 점령해서 다른 식물마저도 살 수 없게 만들어 버리기 때문이다.

  농원의 무법자, 다른 것에 의지해서 살아가는 의타주의자, 숨어서 기어오르다 기회가 오면 원초적 본능의 마수를 드러내는 욕심 많은 변절주의자 넝쿨식물. 나는 솔직히 이들을 좋아하지 않는다. 그들이 사랑받기 위해서는 최소한 자기의 곧은 줄기를 세워 스스로 커 오를 수 있어야만 하지 않을까. 🔲

달맞이꽃의 수난

환영받지 못하는 잡초 중에서도 유난히 내 눈밖에 난 것이 달맞이꽃이다. 이른바 잡초라는 속성을 갖는 쑥, 쇠뜨기, 쇠비름, 명아주, 개망초 따위의 많은 잡초가 있지만 달맞이꽃만큼 나의 신경을 건드리는 것은 없다. 농원의 천덕꾸러기와 다름이 없는 사위질빵, 청가시덩굴, 새콩, 칡 따위의 넝쿨식물도 성가신 존재임에는 틀림이 없지만 달맞이꽃만큼은 별다른 정을 붙일 수가 없다.

달맞이꽃은 칠레가 원산지인 귀화식물歸化植物이기 때문에 외래어로 그 이름을 불러 보는 것이 더 정확할 터이다. 그의 이름은 Evening Primrose. 보다 정확하게는 이 이름 앞에 Common이라는 말을 덧붙이기도 한다. 키가 작은 것은 한 자에서 큰 것은 여섯 자에 이르기도 하고 우리가 붙인 꽃 이름이 말해 주고 있는 것처럼 달빛을 받을 수 있는 저녁에 피기 시작해서 그 다음날 정오쯤에 잎을 닫는 이년생 초본식물이다. 식물도감에서는 달맞이꽃의 뿌리는 사람이 먹을 수 있으며 꽃의 씨앗은 새의 중요한 먹이가 된다고 설명하고 있다.

독성이 있는 식물도 아니고 그렇다고 꽃이 없는 식물도 아니어서 달맞이꽃을 크게 싫어할 만한 이유는 없다. 그러나 내가 치명적인 수난을 가할 만큼 이 풀을 좋아하지 않는 데는 나름대로 몇 가지 이유 아닌 이유가 있다.

우선 그 무서운 번식력 때문이다. 잡초들 대부분이 이렇다 할 보살핌을 주지 않아도 잘 자란다. 하나같이 강한 번식력과 힘찬 성장력을 가지고 있다. 그러나 그들 대부분은 각자의 한정된 영역을 서서히 넓혀 가며 자라난다. 하지만 달맞이꽃은 어찌도 그리 빠른 속도로 영역을 키우고 무섭게 자라나는지 그 성장 속도에 두려움을 느낄 정도다.

옮겨 심거나 일부러 씨를 뿌려 주는 것도 아닌데 그토록 멀리 그리고 빨리 퍼져 나가는 속도가 믿어지지 않을 정도다. 꽃차례를 따라 큼지막하게 달리는 씨앗 꼬투리의 크기도 크기지만 아마도 이 씨앗을 새들이 먹은 뒤 이리저리 옮겨다니며 뿌려 놓은 배설물에 의해 이 풀의 전파가 쉽게 이루어지는가 싶기도 하다.

너무나 기세등등하게 때와 장소를 가리지 않고 자라나는 저돌성으로 인해 달맞이꽃이 마땅치 않게 느껴지기도 하지만 달맞이꽃이 멋이 없는 것은 우리의 풍경과는 잘 어울리지 않을 만큼 껑충한 키를 되똑하게 키우고 있다는 점이다. 물과 영양이 풍부한 도랑 섶의 반 그늘 아래에서 싹을 틔운 달맞이꽃은 성인의 키보다 큰 녀석도 없지 않다. 이런 저런 들풀과 잡초 속에 나무처럼 우뚝 서 있다.

게다가 이들은 부드럽게 흘러내리는 도랑과 밭둑의 그린라인Green Line을 여지없이 교란시킨다. 그대로 내버려둔다면 머지않아 다른 모든 풀을 완전히 압도하고 밭둑과 도랑둑, 길섶을 이들이 모두 점령해 버릴 것만 같다. 이들의 생태적 모습은 워낙 위협적이어서 작고 아담하고 나름대로 절제하는 미덕을 갖고 있는 우리의 들풀과는 사뭇 다르다는 느낌을 쉽게 가지게 된다.

달맞이꽃과 친해지기 어려운 또 다른 이유는 이 식물이 우리의 토종 식물이 아니라 외국으로부터 들어온 귀화식물이라는 점일 것이다. 그들 스스로 막무가내로 우리 땅으로 침투해 온 것도 아닐 뿐더러 새 강토에서 살기 위해서 혼신의 힘을 쏟고 있는 귀한 생명체를 무어라 할 수는 없을 것이다. 그러나 이 땅에 살고 있던 다른 생명체를 밀어내고 쉽게 자리를 차지하는 것을 보면 거부감을 느끼지 않을 수 없다. 낯선 땅에 들어와서 염치 불구하고 어찌 그리도 왕성한 적응력을 과시할 수 있단 말인가.

밖에서 들어온 대부분의 것이 아담한 우리 토종의 것에 비하면 크고 억세다. 또 일단 안착을 했다 싶으면 괴력을 발휘하며 세력을 확대해 나가는 것이 그들의 속성일 때가 적지 않다. 대평원이라면 모를까, 아기자기한 우리의 들녘에 달맞이꽃은 결코 어울릴 수 없는 풀일 듯싶다.

달맞이꽃이 달빛을 받을 수 있는 여름밤에 활짝 피어난다는 점이 그나마 이 풀꽃이 가지고 있는 매력이 아닐 수 없다. 한밤의 달빛 아래 꽃잎을 활짝 벌린 옅은 연둣빛이 감도는 선연한 노랑색의 달맞이꽃을 보면 마치 정원을 찾아오는 요정들의 교교한 요기가 서려 있기라도 하듯 선뜻한 기분이 들기도 한다. 월하향月下香이라는 한문 이름을 알고 나서 혹여나 하고 저녁에 핀 달맞이꽃의 향기를 맡아 보았다. 달빛과도 같은 교교한 내음이 묻어났다. 미처 찾아내지 못했던 향기로운 구석이다.

이들이 너무도 잘 자라는 나머지 아예 마음놓고 자랄 수 있도록 달맞이꽃을 위한 화원을 만들어 주는 것이 어떨까 하는 생각을 해보기도 했다. 달빛이 환하게 찾아드는 화원의 달맞이꽃. 잘 자라서 숲과도 같은 풀 무더기를 만들고 샛노란 꽃들이 무리지어 한여름밤에 더욱 교교하게 피어

날 것이다. 그럴싸하게 보이지만 역시 나의 정서, 나래실아침농원의 분위기와는 잘 어울리지 않을 것만 같다는 생각이 든다.

　점심을 마치고 나선 우중산책雨中散策 길. 길섶과 도랑둑, 묵밭 여기저기에 장소를 가리지 않고 삐죽이 자라 오른 달맞이꽃 몸뚱아리를 하나하나씩 뽑아내기 시작했다. 달맞이꽃의 잔인한 수난이 시작된 것이다. 농원입구 쪽 빈 집터가 있는 야지野地까지도 적지 않은 수의 달맞이꽃을 뽑아 버렸다. 완전히 퇴치하기는 쉽지 않겠지만 적어도 나래실아침농원의 영역 밖으로 이들을 몰아내고 싶다.

　말 못하는 생물이지만 얼마나 억울하고 원통하겠는가. 한해 겨울을 견뎌 낸 뒤 온 힘을 다해 훤칠한 풀 대궁을 키우고 꽃대를 뽑아 올렸는데 이게 웬 날벼락이란 말인가. 원초적인 생명의 의무를 다하고자 하는 달맞이꽃에게는 많이도 미안하지만 우리 나래실아침농원의 풀꽃 정원을 위해서는 다른 도리가 없는 일이다. 소담스런 우리 들꽃 정원 본래의 모습을 위해서는……. 🔲

해바라기의 해 바라기

모종 포트Pot에서 싹을 틔운 해바라기를 화단에 심었다. 집 오른쪽 뜰의 비교적 햇빛이 잘 드는 부근을 선택했다. 화단 뒤쪽 가장자리를 따라 두 줄이 해바라기의 자리가 되었다. 키 큰 해바라기가 화단 뒤쪽에 훌쩍 자라 주면 한여름의 화사한 꽃 모습 하며 뜰의 울타리 역할도 할 수 있지 않을까 하는 마음에서 그 기대가 적지 않았다. 출근길 개천변의 버려진 공터에 쑥쑥 자라오르는 해바라기를 보며 이 정도의 환경이라면 그만큼 자라지 못할 이유가 없다고 생각했기 때문이다.

그런데 옮겨 심은 해바라기는 웬만큼 새 뿌리를 내리고 본격적인 자람을 시작할 시기가 되었음에도 좀처럼 기대하는 만큼의 모습을 보여주지 않았다. 분명 무엇인가 문제가 있는게 틀림없었다. 화단의 토질이 그렇게 기름진 것은 아니었지만 다른 식물이 잘 자라는 것을 보면 해바라기가 잘 자라지 못하는, 해바라기에만 해당되는 어떤 다른 이유가 있을 듯싶었다.

그런데 해바라기의 생육 부진에 대한 아내의 진단은 매우 간단명료했다. 햇빛이 부족하다는 것이었다. 즉 화단이 동남편을 향하고 있는 집의 오른쪽 벽면에 연결되어 있기 때문에 오전의 따사로운 햇빛은 가득히 받아들일 수 있을지 몰라도 오후의 뜨거운 햇빛을 오랜 시간 듬뿍 받을 수 없고, 그로 인해 생기는 햇빛 또는 해와 마주하는 '해받이', '해바라기' 시간의 부족이 그 이유라는 것이다.

애초에 햇빛이 충분해야 할 것이라는 점을 무시한 것도 아니었다. 오히려 신선하고 넉넉한 햇빛이 필수라는 점을 크게 고려했다고 말할 수 있다. 그래서 오전 여섯 시가 되기도 전에 솟아오르는 태양을 맞아 한낮이 되기까지 그 강렬하고도 신선한 햇빛을 담뿍 받을 수 있는 동남편 화단이야말로 적지라는 생각이 들었다.

그러나 결과가 결과이고 보니 다른 방도를 찾지 않을 수 없었다. 내심 제대로 자라지 못하는 이유가 원천적으로 부실한 씨앗이나 싹이 튼 제자리에서 자라게 하지 않고 모종을 옮겨 심은 때문이 아닐까 하는 생각도 적지 않았다. 하지만 결국 모종을 옮겨 심은 지 삼 주쯤 후에 해바라기 일부를 집 앞 텃밭 부근 온종일 해가 잘 드는 곳에 다시 옮겨 심었다.

해가 잘 드는 텃밭에 옮겨 심은 해바라기는 불과 일주일여 후부터 무섭게 자라기 시작했다. 다른 작물들이 대부분 가뭄에 영향을 받아 자람의 상태가 썩 좋지 않은 편인데도 해바라기는 두 번씩이나 옮겨 심은 것치고는 의외로 잘 자라는 것이었다. 그러나 화단에 그대로 놓아둔 해바라기는 여전히 정상적으로 성장하고 있다고 보기 어려운 상태를 지속하고 있었다. 해가 더 잘 드는 곳에서 자라나는 해바라기의 모습으로 보아 결론적으로 생육 부진의 원인이 씨앗이나 모종 때문도 아니고 토질 때문도 아니라는 것이 쉽게 증명된 셈이었다. 아내의 추측대로 햇빛 또는 '해바람', '해바라기' 시간의 부족이 바로 결정적인 원인임이 틀림없어 보였다.

화단의 한 귀퉁이씩을 차지하고 있는 벌개미취, 범부채, 백일홍 등 하나같이 그들의 잎새와 꽃송이는 해가 빛을 보내 주는 동남편을 일제히 향하고 있다. 햇빛이 부족하면 아예 자람 자체를 포기해 버리는 해바라기와는 달리 이들은 해와 햇빛을 향한 바람과 기대를 꽃 대궁과 꽃송이를 살짝 해 쪽으로 기대는 몸짓으로 대신하고 있다. 부족한 대로 해의 축복을 받아들인다.

Sunflower, 해바라기.

여북하면 해꽃, 해바라기라고 이름 지었을까. 벌개미취나 범부채처럼 웬만한 수준의 햇빛이나 해바람만으로는 제대로 자라날 수 없는 특별한 꽃, 해바라기. 화단에 심어 놓은 해바라기들이 그만큼 많은 햇빛에도 만족하지 못하고 더 많은 해바람에 애타게 목말라하고 있는 사이 텃밭의 해바라기들은 하루 내내 풍족한 햇빛을 마음껏 누리고 있다. 해바라기는 해바라기, 해의 사랑을 독차지하고 싶어한다.

하지만 한 가지 우리가 해바라기에 대해서 가지고 있는 큰 오해 하나는 풀고 넘어가야만 할 것 같다. 흔히 제 주견을 뚜렷하게 가지지 못하고 상황에 따라서 유리한 쪽을 쉽게 선택하는 기회주의자를 가리켜 해바라기성 인물이라는 말로 해바라기를 비하한다. 그렇지만 해바라기가 해를 바라는 모습을 잘 보면 그런 무심한 비하가 매우 무책임하다는 것을 알게된다. 해바라기가 해를 좋아하는 것은 대부분의 다른 식물과 다를 바가 없지만 그렇게 사족을 못 쓰고 지조를 버리지는 않는다는 것이다.

해바라기가 해를 바라는 모습을 잘 보면 머리를 일제히 해가 떠오르는 동쪽을 향하고 있다. 해는 시간이 지나면서 하늘 높이 떠올랐다가 서편으로 떨어지지만 해바라기는 그의 환한 얼굴을 변지 않고 해가 올랐던 동편을 향하고 있다. 내일 다시 떠오를 해를 꾹 참고 기다리는 것이다.

해바라기가 해를 좋아하는 것은 해가 비쳐 주는 밝은 빛을 좋아하기 때

문이다. 해바라기는 돈이나 권력 따위를 위해서는 때와 장소를 가리지 않고 마음과 처신을 바꾸는 많은 향일성向日性 사람들과는 사뭇 다르다. 해바라기는 변치 않고 하나의 해를 한 방향으로 바라보며 그의 빛을 받아들인다. 순수한 해바라기의 열정을 비하하는 사람들이야말로 비난받아 마땅할 것이다. 해바라기성이라는 당토않은 편견과 오해는 이 순간부터 바로 접어야 한다. 🔲

잡초, 그대의 이름은 들풀 야생초

잡초雜草

저절로 나서 자라는 대수롭지 않은 풀이라는 내용으로 사전은 잡초라
는 말을 풀이해 주고 있다. 별다른 편견을 갖지 않은 그대로를 담담하
게 설명해 주는 것 같다. 하지만 우리가 잡초라는 말에서 떠올리게 되
는 느낌은 호감보다는 불필요함이나 성가심과 같은 부정적인 이미지
가 보다 강하다.

'잡초 정치인' 이라는 말이 항간에 화두가 되었던 적이 있었다. 구태를 벗지 못하는 부패, 무능, 부도덕한 정치인을 겨냥한 말이기는 하지만 여기에서 잡초는 부정적인 차원을 넘어서 사회악 또는 쓰레기 취급을 받을 만큼 억울한 매도를 당하고 있다. 순전히 인간의 '당면한 필요' 라는 잣대에 의해서만 쉽게 가늠되고 있는 이들의 존재는 반드시 되짚어 보아야 하지 않을까 싶다.

가꾸지 않아도 스스로 솟아올라 잘 자라는 풀 잡초. 정말이지 잡초는 씨를 뿌리지 않아도, 거름을 주지 않아도, 모두 뽑아 버려도 그 이듬해 또다시 버젓이 무성하게 자라난다. 스스로도 억제하기 어려울 만큼 강인한 생명력을 지니고 있다. 이들은 존재와 삶의 의미가 종족의 번식이라는 유일무이한 목적의 달성인 것처럼 억척스럽게 자라나서 꽃을 피우고 씨앗을 맺는다.

하기야 농사를 조금이라도 지어 본 사람이라면 누구나 잡초가 얼마나 성가신 존재인지를 잘 알게 된다. 뽑아내고 뽑아내도 또다시 솟아오르는 것이 잡초고 이 잡초가 사라지면 또 다른 잡초가 그 자리를 대신하는 것이 잡초다.

그들은 이렇다 할 잎이나 열매를 만들지 않는 대신(이렇다 할 열매를 만든다면 그 풀은 잡초가 아닌 곡식으로 대접을 받지만) 일반적으로 무수한 작은 잎새, 또 무수한 작은 꽃과 씨앗을 만드는 일에만 전념한다. 그래서 단 한 포기의 작은 풀대가 남더라도 그 이듬해 다시 보란 듯이 무성한 일가를 이루며 스스로 자라나는 것이다.

꽃다지, 냉이, 쇠별꽃, 애기똥풀, 개망초, 토끼풀, 바랭이, 쇠비름, 명아주, 강아지풀, 쇠뜨기, 질경이, 쑥, 민들레, 새콩, 왕골풀, 여뀌, 닭의장풀, 돼지풀, 고마리, 며느리밑씻개 등 한 가지 잡초가 자란 뒤에는 때를 이어 또 다른 잡초가 자라난다. 꽃다지가 씨앗을 만들 때쯤이면 개망초가 긴 줄기를 뻗어 올리고, 개망초가 꽃을 거둘 때쯤이면 그 아래 바랭이나 쇠비름이 흙이 보이지 않을 정도로 무성하게 땅 위를 뒤덮는다. 그래서 한두 번 잡초를 뽑아냈다고 해서 전혀 안심할 수 없다. 오히려 적당한 시기에 풀을 뽑아 주면 그 다음 시기에 싹을 틔우는 잡초들에게 멍석을 깔아 주는 격이 돼서 그 풀이 더 잘 자라게 하는 결과를 가져오기까지 하는 것 같다.

설령 한 가지 잡초를 완전히 초토화시켰다고 해서 이른바 '잡초와의 전쟁' 이 끝났다고 볼 수는 없다. 쑥을 몽조리 뽑아내면 그 자리에는 어디서 풀씨가 날아들었는지 모르지만 개망초, 바랭이와 같은 다른 잡초가 더욱 무성하게 자라난다.

거두고자 하는 농작물의 생산성을 높이려면 잡초와의 싸움은 불가피하다. '잡초농법' 이니 '유기농법' 이니 하며 잡초를 활용하기도 하고 이들과의 공생을 모색하면서 농사를 짓는 방법이 시도되고 있지만 현실적으로는 참으로 어려운 일이 아닐 수 없다.

그래서 농사를 지으면서 잡초를 이겨 내는 아주 손쉬운 방법으로 효과 만점인 제초제除草劑를 사용하게 된다. 화학성 제초제를 사용한 뒤 농작물을 가꾸고 있는 밭을 보면 심어서 보살피는 작물 말고는 단 한 포기의 다른 풀도 자라지 않음을 알게 된다.

이렇듯 현대의 농화학 기술은 아주 적은 비용으로 잡초를 완벽에 가까울 정도로 제거하는 방법을 우리에게 제공해 주고 있다. 물론 이와 같은 방식의 잡초 제거가 장기적으로는 토양의 질과 생산성을 크게 저하시키고 심각한 환경 파괴를 불러일으킬 수 있다는 점 등에서 많은 비판을 면할 수는 없을 것이다. 하지만 비용을 최소화하는 이런 농법農法으로도 수익성이 날로 악화되어 가고 있는 농가의 실정을 감안할 때 다른 뾰족한 대안을 찾을 수 없는 것이 우리 농촌의 현실이기도 하다.

다행히 내가 가꾸고 있는 산촌 농원에서는 과수나무를 중심으로 다른 꽃나무와 넓은 의미로 보자면 잡초의 부류에 속하는 것이지만 야생화로 분류되는 풀꽃을 주로 키워 나가고 있다. 따라서 이제까지는 제초제를 사용하지 않고 잡초를 직접 손으로 뽑아내는 매우 재래적인 방식으로 농원을 가꿔 오고 있다.

그래서 원하지 않는 풀을 뽑아내고 베어 주고 걷어 주고 하는 일들이 아마도 농원 일의 절반 이상이 되지 않을까 하는 어림셈을 해보기도 한다. 농원을 가꾸어 나가는 데는 이외에도 많은 어려움이 있지만 어떤 형태로든 우리가 잡초라고 말하는 풀과의 떼어내려 해도 떼어낼 수 없는 쉽지 않은 관계를 갖지 않을 수는 없을 것이다.

그렇다면 우리가 이토록 귀찮고 성가시게 생각하는 잡초가 불필요한 것인가? 그렇지 않다. 잡초는 결코 몹쓸 것이나 나쁜 것이 아니다. 우리가 의도하는 생산 활동에 다소 장애를 주는 것일 뿐 그들도 각각 이 우주의 한 주체요 지구 가족 구성원이다.

일찍이 미국의 유명한 자연주의 문학가인 에머슨Emerson은 잡초Weed를 가리켜 "그 풀의 이로움이 아직 발견되지 않은 식물일 뿐이다."라는 너그러운 정의를 내린 바 있다. 그러나 이렇듯 분명한 잡초의 이로움은 이 순간까지도 너무나 과소 평가되고 있는 것 같다.

아마도 지금 우리가 유용한 농작물이라는 부류에 포함시켜 기르고 있는 식물도 애초에는 들에서 자라는 잡초였을 것이다. 이들이 이른바 진화 또는 종자 개량이라는 과정을 거쳐 상대적으로 유용하게 활용되고 있을 뿐 사실 그들도 한갓 이름 없는 풀포기에 불과했을 것이다.

가꾸고 보살펴 주지 않아도 강인한 생명력으로 끈질기게 자라나는 잡초가 없다고 가정해 보자. 퇴비를 주고 밭을 갈고 씨를 뿌려 주어야만 자라는 유용한 작물만이 있었다면 아마도 축복 받아 살고 있는 '푸른 지구 Green Earth'는 애초에 꿈꾸기도 어려웠을 것이다. 사람을 먹여 살려야 할 땅을 가꾸는 데만도 많은 힘이 드는데 벌거벗은 지구의 빈 공간에 풀을 심어 가꿔야 한다고 생각해 보자. 저절로 나서 대수롭지 않게 자라는 풀이 얼마나 필요하고 소중한 것인가. 우리가 적의를 가지고 퇴치에 나서는 잡초의 강인한 생명력이 얼마나 귀한 것인가. 버려진 쓰레기 매립장에 제일 먼저 살아나는 생명이 잡초가 아닌가.

그렇다면 잡초와의 불가피한 싸움을 전면 중단할 수는 없겠지만 이들과의 지혜로운 공존을 모색하는 방법은 무엇일까?

어찌 보면 한가롭고 사치스런 생각일지 모르지만 '잡초 가꾸기'를 시도해 보는 것은 어떨까. 이미 야생화野生花 또는 야생초野生草라는 부류로 선택받아 재래 농작물 이상의 보살핌을 받으며 키워지는 풀도 없지는 않다. 그 야생초의 부류를 지금은 잡초로 여겨지는 풀에게까지 넓혀 나가는 것이다. 아직도 우리의 기준으로는 한낱 쓸데없는 잡초로만 인식되고 있는 많은 풀들이 서양에서는 이른바 '장식용 풀Ornamental Grasses'이라는 개념으로 이미 정착되어 활용되고 있기도 하다.

경작 여건이 좋지 않은 농지가 묵정밭으로 내버려진 경우를 많이 보게 된다. 특히 경사가 진 산촌 지역의 밭 경우는 앞으로 제대로 농사를 지을 만한 땅이 얼마나 있을지 의문이다. 농사를 짓지 않고 내버려둘 경우 생기게 되는 토사의 유실 등 환경 문제는 둘째로 치더라도 좁은 국토의 공간이 아무 쓸모없이 방치된다는 것은 결코 바람직한 일이 아닐 것이다.

과수나무 아래 빈터에도 잡초는 어김없이 자라난다. 이들을 잘라 주지 않으면 과수나무가 무색하게 큰 키로 자라나서 통풍을 막고 넝쿨식물을 키워 나무를 공격한다. 그래서 일 년에 최소한 두 차례 정도는 풀을 깎아 주지 않으면 안 된다.

그런데 금년 봄에는 과수나무 아래 좀 더 가꾸어 키우고 싶은 풀이 무리를 짓는 것이 아닌가. 수수한 모습의 흰 꽃을 피우는 미나리냉이와 광대수염. 더 많은 씨앗을 퍼뜨리도록 군데군데 이들을 남겨 두고 풀을 베어 냈다. 종국에 가서는 어떤 형태이든 이른바 지피식물地皮植物을 키워 과수 재배를 수월하게 만들어야겠지만 일단은 내년에도 이들 미나리냉이와 광대수염의 흰 풀꽃 밭을 만들어 보고 싶다.

올해는 메밀을 키웠으면 하는 큰 다랑이 밭에 지난해도 가득하게 들어섰던 개망초가 더욱 무성하게 자라나고 있다. 이른 봄에 샛노랑 꽃다지 무리가 마치 양탄자를 깔아 놓은 듯 가득히 꽃을 피웠던 곳이다. 밭둑을 따라 산책로를 만들며 밭 가장자리의 풀을 깎아 주고 나니 큰 다랑이 밭은 자연스레 개망초 풀꽃 밭이 되었다. 어느 야생초 풀꽃 밭 못지않게 소담스런 느낌의 야생화 정원이 되었다.

농원의 도랑 섶을 따라서는 해마다 개체 수를 더해 가는 물봉선이 무성하게 자라고 있다. 길섶과 도랑 섶에 지지 않고 자라나는 개망초, 달맞이꽃 따위의 억센 풀을 솎아내 주다 보니 자연스럽게 물봉선이 좋아라 하며 자리를 넓히고 있다. 잡초에 불과한 풀꽃 하나가 크게 힘들이지 않아도 잘 자라 주고 있는 것이다.

순전히 사람들의 편리한 잣대에 의해 보잘것없는 잡초로 취급받는 많은 풀들은 새로운 시각에서 평가되어야 마땅하다. 무뢰하고도 오만한 인간이라는 종족이 이름 지어 놓은 잡초. 잡초 가꾸기라는 역설적인 처방에 앞서 우리가 잡초라고 쉽게 재단해 버리는 이들의 이름을 '들풀' 또는 '야생초'로 바꿔 불러 주는 것은 어떨까.

달면 삼키고 쓰면 뱉어내고, 좋아하고 싫어하는 것, 이로운 것과 해로운 것에 대한 기준이나 선을 너무도 쉽게 그어 대는 것이 사람들의 상정常情이다. 이것이 무조건 잘못되었다고 탓할 수만은 없을 것이다. 그러나 잡초를 잡초 정치인이라는 말에 빗대어 써먹듯이 무심코 비하하고 무시하는 우리 인간들의 한결같이 그릇된 우월감과 건방진 오만은 버려야 하지 않을까.

　잡초라는 유쾌하지 않은 이름으로 그들을 부르지 말자. 풋풋한 기분,
싱그러운 생명의 숨결이 느껴지는 들풀, 야생초라는 이름으로 그들을 불
러 주자. 그리고 그들을 우리 지구의 한 가족으로 애정을 가지고 대해 주
자.

분홍 장미, 또 한 번 열매 꽃을 피우다

탐스러운 분홍 꽃송이를 가득하게 달았던 집 앞의 장미나무가 또 가 득히 열매송이를 달고 있다. 열매의 색깔이 잎 색과 같은 초록이어서 잘 두드러져 보이지 않았는데 초록색이 완전히 가시지 않은 주황빛으 로 변하면서 그 열매가 독특한 모습을 드러내기 시작한 것이다.

시름시름 꽃을 피우며 늦여름까지 끊이지 않고 꽃을 피웠던 지난해와 달리, 장미는 봄 한때 무성한 분홍 꽃 무더기를 한꺼번에 피운 뒤 꽃을 지 우고 나서는 꽃 송이송이마다 열매를 키우기 시작했다. 연두색의 작은 열 매는 조금씩 커지기 시작해서 도토리만한 크기로 컸을 때는 초록빛을 띠 다가 차츰 노랑색을 더해 가더니 이제 밝은 주황의 열매 꽃을 피운 것이 다.

더러는 꽃이 지고 나면 꽃 꼬투리를 잘라 주라는 조언을 해주기도 한 다. 열매를 맺을 씨방을 잘라 버려야 다시 장미가 다른 꽃봉오리를 만들 어 쉬지 않고 꽃을 피운다는 것이다. 하기야 꽃을 보는 것이 더 실속이 있 을 것도 같았지만 장미가 열매를 맺은 것이 신기하기도 하고 억지로 꽃을 더 피우게 하면 장미를 혹사하는 것이라는 생각이 들어 그냥 내버려두었 던 것이다. 이제 장미는 공교롭게도 마치 처음에 꽃봉오리를 만들 때와 비슷한 모양, 바로 찔레의 꽃봉오리와 아주 흡사한 모습의 씨앗 꼬투리를 여물리고 있다.

장미가 씨앗을 여물리는 모습을 지켜보니 장미가 또 다른 꽃을 몇 송이 더 키우는 것보다는 많은 열매를 살찌우는 것이 보다 예사롭지 않은 일일 것만 같다는 느낌이 들었다. 무수한 씨앗을 잉태한 열매 송이를 키우고 그 속의 씨앗 하나하나에 생명의 혼과 기운, 에너지를 채워 넣으려면 새로이 꽃을 피우는 것보다는 더 많은 자양분을 필요로 할 것이라는 생각을 했기 때문이다.

한 송이 꽃도 허실이 없이 열매를 만든 장미나무는 또 다른 꽃을 피울 생각을 접은 채 그 적지 않은 열매를 키우고 익히는 데 골몰했던 것 같다. 그래서 오랜 기다림의 열매는 또 한 번 열매 꽃을 피운 것이다. 꽃으로 승화되었던 삶의 열정이 꽃 못지않게 아름다운 열매로 결실을 맺은 것이다.

유심히 살펴보면 꽃보다도 더 보기 좋고 아름다운 열매 꽃을 피우는 것이 적지 않다. 대부분의 과실이나 곡식은 그야말로 꽃보다는 열매가 더 탐스럽고 아름답기도 하며 또 유익한 결실을 열매라는 형태로 사람들에게 안겨 준다.

사실 야생화로 불리는 풀꽃이나 이른바 잡초의 부류에 속하는 대부분의 풀들은 꽃은 둘째로 하더라도 이들이 맺는 풀씨 열매는 더욱 보잘 것이 없다. 야생의 성향이 더 강한 것일수록 씨앗의 수는 많을지언정 그 씨앗 열매의 모습은 아무런 주목을 받지 못할 만큼 수수로운 것이 일반적이다.

하지만 개중에는 씨앗이나 열매의 모습이 꽃 못지않게 눈에 띄는 것이 더러 있다. 농원에서도 꽃보다 더 아름다운 씨앗이나 열매를 보여주는 것은 집 앞의 큰 분홍 장미 한 그루 말고도 여러 가지가 있다.

붓꽃, 꽃창포, 왕원추리는 꽃의 크기 못지않은 다부진 씨앗 꼬투리를 만들어 꽃의 여운을 오랫동안 열매 모습으로 남겨 놓는다. 야생화로 키우는 꽈리는 작은 흰 꽃에 비해서 훨씬 크고 화려한 등황색의 씨앗 꼬투리를 만든다. 봄 꽃풀 중에서 꽃 못지않게 독특한 씨앗을 만드는 것은 민들레이다. 꽃보다도 큰 씨앗 방망이가 더욱 정교하고 아름다운 자연의 신비를 보여준다.

벌개미취, 구절초, 산국 따위의 다년생 들국화 부류가 모두 평이한 씨앗 꼬투리를 만드는 반면 이년생 들국화라고 할 수 있는 쑥부쟁이는 예쁜 씨앗 꼬투리를 만든다. 쑥부쟁이의 씨앗 방망이는 민들레의 씨앗 방망이보다는 조금 작다. 하지만 바람에 잘 날리게 생긴 솜털 씨앗 자루가 매우 촘촘하게 박혀 있어서 쑥부쟁이의 솜방망이 같이 동그란 씨앗은 마치 은회색의 고운 꽃이 핀 듯한 귀여운 모습을 보여 준다.

꽃을 피웠던 모습 그대로 씨앗을 여물게 하는 억새 또한 꽃보다는 열매가 더 아름다워 보인다. 씨앗이 여물면서 눈부신 은빛으로 변하는 억새의 꽃술은 바람에 일렁이며 겨울의 모진 추위에 그 빛나는 색이 발할 때까지 한동안 농원에 밝은 빛을 뿌려 놓는다.

작지만 붉은 열매가 오랫동안 덤불가지에 귀엽게 매달려 있는 찔레 열매, 주황색 작은 열매가 꽃보다 더 예쁜 화살나무(홋잎나무)와 노박덩굴, 새까만 열매를 앙증맞게 달아매는 초피나무, 꽃을 피운 듯 짙붉은 열매를 맺는 산사나무, 앵두같이 고운 선홍鮮紅의 열매를 맺는 백당나무, 그리고 꽃은 현란하지 않아도 예쁘고 귀여운 열매를 다는 나무들이 농원과 가까운 산 섶 여기저기에 있다.

뜻밖에도 색다른 모습을 가진 분홍 장미의 예쁜 나무 열매가 잠시 일상적인 사유의 틀에서 벗어나게끔 해준 것 같다. ▨

깊어 가는 가을의 농원

산간의 나래실아침농원은 이미 깊은 가을에 들어선 느낌이다. 새벽으로
는 무서리가 내리고 기온은 영 도 가까운 수준으로 떨어졌다. 일찍 잎새
를 거둔 매실나무의 가는 나뭇가지가 휑해 보이고 계곡 아래쪽으로 쏴 하
고 내려오는 산바람에 자두나무의 잎새들이 우수수 떨어진다. 때늦은 꽃
대를 올렸던 비비추의 파란 이파리도 무서리가 내리자 샛노란 색으로 금
세 변해 버리고 말았다.

대문 근처에 뒤늦게 옮겨 심은 장미만이 맑은 날 새벽마다 흠뻑 내리는
이슬과 무서리를 맞고 더욱 기운차고 싱싱한 자태를 뽐내고 있다. 산간
언덕마루와 작은 들녘에 애잔한 분위기와 청아한 기운을 돋우어 주었던
쑥부쟁이와 산국도 이제는 눈에 잘 띄지 않는다.

그 대신 한결같은 모습으로 오랫동안 푸름을 지녀 왔던 나무는 서서히
그들만의 독특한 단풍색을 드러내기 시작하고 있다. 아직은 작은 키지만
자두나무 사이, 느릅나무 옆에 타는 듯이 붉은 잎새를 달고 있는 단풍나
무. 빼곡하게 무리 지어 별다른 특색 없이 그 긴 여름을 지나온 산딸나무
도 환한 다홍색의 단풍으로 아우성치듯 물들고 있다. 언덕마루 부근에 군
데군데 심어져 있는 붉참나무Pin Oak는 진홍의 단풍색을 선보이기 시작하
고 있다.

이와 같은 단풍 무리 근처에 부드러운 색조의 우아한 가을의 정취를 느
끼게 해주는 또 다른 부류의 무리가 있다. 바로 갈대와 억새이다.

갈대

농원 입구를 가로지르는 계곡 여울 양쪽의 한 켠
으로 무리 지어 자란 갈대는 밝은 갈색의 잎새와
함께 다소곳한 꽃을 피우고 있다. 계곡 위쪽에서
불어오는 산바람에 길이 든 갈대는 모두 갈대꽃의
얼굴을 계곡 아랫마을 쪽으로 돌리고 있다. 그동안 그저
무리 지어 숨어 있던 풀숲에 우뚝 선 갈대의 동산을 이룬 것이다. 한때 무
성하게 피고 졌던 풀꽃의 자취는 온데간데없는데 갈대의 풍요로운 꽃자
루는 가득하다.

갈대 숲의 무리는 농원 안쪽 길섶 한 편에도 있다. 도라지 밭 부근의 오
른쪽 길섶과 둥근 솔밭으로 들어가는 작은 다리 근처의 도랑가에도 해묵
은 갈대의 무리가 처연히 자리하고 있다. 운치 있는 분위기를 만들기 위
해 일부러 심은 것인지, 아니면 자연스레 자라난 것인지는 알 수 없지만
마치 꼭 갈대의 무리가 있어야 할 자리를 잘도 찾아 터를 잡은 것 같다.
대부분이 인위적으로 심어지고 가꾸어진 농원의 한 귀퉁이에 이토록 자
연 그대로의 모습이 살아 있다는 것이 다행이 아닐 수 없다.

한 키가 넘는 크기로 꽃을 피운 갈대는 땅의 얕은 부분을 옆으로 타고
무섭게 뻗어 나가는 것 같다. 이 역시 쑥 못지않은 끈질긴 생명력의 소유
자 같이 보인다. 어떤 녀석은 옆으로 뻗어 나간 줄기가 한 발이 넘는 것도
있다. 새끼손가락 정도 굵기의 땅속 뿌리줄기는 새해에 틔울 새순을 여러
개 만들어 놓고 겨울을 날 참이다. 뿌리줄기 중간 중간에 땅 아래쪽으로
뻗는 또 다른 뿌리를 박고 있는 것을 보면 뿌리줄기의 중간이 잘리거나

뽑혀 나간다 해도 죽지 않고 살아갈 수 있을 것 같다.

올해 갈대 동산을 이루었던 저 무리는 겨우내 바람과 친구를 한 뒤 새 봄에 새 싹에게 자리를 내주어 내년 이맘때쯤이면 더욱 무성하고 정취 있는 갈대숲을 이루어 낼 것이다. 갈대숲을 이따금씩 지나치는 가을 바람의 소리가 소슬하다.

억새

불에 태워도 죽지 않을 만큼 튼실한 뿌리뭉치를 지닌 억새는 땅 위로 솟아 있는 그 대궁과 잎새가 갈대보다도 더욱 연약해 보인다. 그래서 갈대와 억새가 마치 그 이름이 뒤바뀐 것이 아닌가 하는 생각을 해보게 된다. 땅 위로 나타난 모습만을 본다면 억새가 갈대보다는 키도 작고 가녀리다. 그래서 '생각하는 갈대' 보다는 '생각하는 억새' 라는 표현이 더 알맞지 않을까 하는 생각이 들기도 한다.

그런데 농원 안이나 근처에서 이들 무리는 눈에 잘 띄지 않는다. 샛노란 여린 대궁과 햇빛에 반짝이는 은백銀白의 꽃술을 단 억새가 언덕마루 부근에서 이따금씩 눈에 띌 따름이다. 사람들의 손길이 미치지 않는 도랑 섶보다는 평평한 언덕에 자라기를 좋아하는 억새의 속성으로 보건대 농장에서 억새가 자라날 자리를 차지하기는 쉽지 않았을 것이다. 한쪽에 다소곳이 무리를 짓지 않고 끈질긴 생명력으로 무섭게 퍼져 나가는 억척스러움 때문에 그간 이 농장에서는 억새가 철저하게 배척을 받았는지도 모를 일이다.

그러나 여기저기 화사한 은빛의 작은 깃발을 휘날리는 한가을의 억새는 빼놓을 수 없는 우리 농원의 한 가족이요 풍경의 일부가 되기에 손색이 없다. 이들도 농원의 가족이 될 만한 충분한 서정과 애상의 모습을 가지고 있다. 갈대가 차지한 공간만큼 억새도 그들의 자리를 만들어 주어야만 할 것 같다. 언덕마루 한 켠에 억새가 무리를 이룰 수 있도록 여백을 만들어 주어야겠다. 또 다른 가을, 갈대와 억새의 어우러짐이 있는 멋진 정취와 낭만의 농원을 위하여. 🔲

들국화

들국화.
그 이름에서 묻어나는 서정抒情과 애상哀想만으로도
마음 전체가 고요해지고 애잔한 감성이 살아나는 들꽃,
들국화.

사실 몇 해 전까지만 하더라도 들국화 하면 가을 들녘에 야생으로 피는 국화류의 꽃이라는 막연한 개념만을 가지고 있었다. 솔직히 들국화가 어떻게 생긴 꽃인지를 정확하게 알고 있지 못했던 것이다.

언젠가부터 가깝게 다가오기 시작한 들의 풀꽃들 가운데도 가장 인상 깊었던 것은 뭐니뭐니해도 들국화이다. 꽃다지, 봄맞이, 애기똥풀, 망초, 달맞이, 물봉선, 여뀌 등 수도 없이 많은 꽃 무리가 이른 봄부터 피어나지만 한여름부터 시작되는 들국화 릴레이처럼 마음을 산뜻하면서도 설레게 하는 것은 없는 것 같다.

벌개미취를 들국화 부류에 집어넣는 데 생각을 같이하지 않는 사람도 있을 것이다. 야생에서 자라기에는 약간의 손길이 필요하기 때문이다. 또 가을에 피는 것이라야 들국화의 정취가 살아날 터인데 이 꽃은 한여름부터 피기 시작해서 가을의 초입에 이르면서 꽃잎을 거두기 때문이다. 하지만 워낙 반듯한 꽃차례에 고상한 꽃 색으로 국화를 닮은 들꽃이기에 이를 들국화의 반열에 포함시키지 않을 수 없다.

한여름의 더위가 기승을 부릴 때 해받이가 좋은 양지 쪽에서 자라난 벌개미취는 분홍의 꽃봉오리를 벌려 하늘빛 선연한 꽃을 피우기 시작한다. 무더운 여름에 확실한 기분 전환을 선사해 주는 벌개미취는 자라나는 환경에 따라서 칠월 중하순경부터 피기 시작해서 시월 초순까지 그 모습을 보여주는 제법 끈기가 있는 꽃이다.

부드러운 하늘색으로 피어난 벌개미취의 꽃송이는 삼 주여쯤의 적지 않은 기간 동안 그 모습을 흐트러뜨리지 않고 매우 단아한 자태를 보여준다. 앞뒤로 피는 꽃을 아울러 보면 벌개미취는 여름의 한중간으로부터 그 여름의 끝자락까지 거의 두 달에 가까운 기간 동안 찌는 듯한 무더위와 짙은 풀색 천지인 여름 농원의 무료함을 연보랏빛 싱그러움으로 달래 준다. 다른 꽃이 많지 않은 한여름의 풀밭에서 또 벌개미취는 수많은 벌과 나비, 작은 곤충들의 방문처가 되어 준다.

팔월이 가면서 쪼뼛한 꽃잎을 떨어뜨린 벌개미취의 꽃송이는 샛노란 꽃 씨방을 부풀려 수많은 씨앗을 여물린다. 꽃이 지고 나서도 꼿꼿한 모양새를 간직하는 꽃대는 흑갈색의 마른 대궁으로 남은 이후에도 겨우내 곧게 마른 풀대의 모습을 잃지 않는다.

가을의 기운이 언뜻 느껴지기 시작할 무렵 풀 섶 언저리 여기저기에 훤칠하게 키를 드러내며 옅은 하늘색 꽃망울을 키우는 것이 있다. 바로 개미취다. 굵직한 풀 대궁에 길쭉한 잎새, 무리를 이루지 않고 제법 큰 포기 하나씩을 만드는 꽃이어서 무성한 풀 섶 속에서도 그 모습을 쉽게 발견할 수 있다. 이년생의 풀꽃이어서 한번 꽃대를 올릴 때 확실하게 자기 존재를 드러내는 것 같다. 벌개미취 꽃보다도 더 고운 하늘빛 꽃이 서정적인 가을의 문을 여는 데 손색이 없다. 개미취는 꺽다리 신사들국화. 아직 푸름이 가득한 풀 섶에 가을의 소식을 알려 온다.

가을의 기분이 확연히 느껴지기 시작하는 시기에 꽃을 피우기 시작하는 것은 구절초다. 벌개미취가 전성기를 구가한 뒤 스러짐의 느낌을 주기 시작할 무렵인 구월 중순부터 구절초는 본격적으로 꽃을 피우기 시작한다. 잡힐 듯 잡히지 않는 분홍의 느낌이 살짝 묻어나는 구절초의 새하얀 꽃 무리는 맑고 청아한 초가을의 햇살에 잔잔한 눈부심을 던지며 부드러운 전율을 느끼게 한다.

범접하기 어려울 만치 청초하고 단아한 매무새의 하얀 구절초의 꽃 무리는 한낮 가을의 따사로운 햇살 아래 수많은 벌과 나비들을 불러모은다. 멀리서 바라보면 발긋하니 새하얀 구절초의 꽃 무리이지만 가까이 다가가 보면 꿀을 다투는 온갖 벌과 나비들의 비상으로 북적이며 활기찬 생명의 소리로 가득 채워져 있음을 알게 된다.

구월이 다 지나가기까지 흐트러지지 않은 꽃 매무새를 간직하는 구절초는 시월에 접어들면서 그들의 절정기가 물러가고 있음을 알아차린다. 스스로를 이기지 못할 만큼 무성한 꽃대를 올렸던 구절초 꽃 무리는 차가워진 가을비를 맞으면 힘없이 무너져 내린다. 가을이 더욱 깊어지면서 마른 풀대만을 남기고 사그라지는 구절초의 모습에서는 쓸쓸한 계절의 체취마저 풍긴다.

이렇게 가을의 정취가 더해질 즈음 다복이 피어나는 또 한 무리의 들국화가 들녘 여기저기에 보란 듯이 모습을 드러낸다. 구월 중순경부터 들녘 구석, 언덕바지 이곳저곳에 해맑은 얼굴을 드러내는 이들은 쑥부쟁이. 꽃차례의 모습이 벌개미취나 구절초, 개미취의 모습과 크게 다를 바는 없지만 더 수수하고 소슬해서 그 모습이 한결 더 다소곳하게 가슴속 깊은 곳에 품어지는 꽃이 쑥부쟁이가 아닌가 싶다.

같은 시기에 간혹 눈에 띄는 가는잎쑥부쟁이나 까실쑥부쟁이와 같은 다른 종류의 쑥부쟁이들도 꾸밈없이 수수한 모습으로 까닭 없이 마음을 흔들어 놓는다. 하지만 적당한 키와 적당한 무리로 들녘 여기저기에 홀연히 피어나는 쑥부쟁이야말로 서늘해진 가을바람에 일렁거리며 처연해진 사람들의 마음을 흔들어 주는 가을의 꽃이 아닐까 싶다. 우리가 들국화라고 마음속에 그리고 있는 들꽃이 있다면 아마도 이 쑥부쟁이일 것이다.

화단 한 귀퉁이를 차지해서 밝은 하늘빛 꽃송이를 단정하게 꽃피우는 갯쑥부쟁이는 보다 작고 더 귀여워 보인다. 하지만 들녘 여기저기에 수수롭게 피어나는 쑥부쟁이의 서정미抒情味와 순수함을 느낄 수는 없는 것 같다.

이렇듯 청초한 화사함의 구절초, 수수로운 서정의 보랏빛 쑥부쟁이가 만들어 주는 가을의 정취를 돌연 새롭게 해주는 것이 있다. 산국山菊이다. 대부분의 초목草木이 녹음을 벗어 내고 조용한 휴식의 색감色感으로 그 모습이 변해 가기 시작하는 시월 중하순, 산국은 쓸쓸해지는 들녘 곳곳에 자잘한 꽃송이로 샛노란 얼굴을 내민다. 어디에 숨어 있었을까? 산국의 노란 꽃송이들은 풀이 무성했던 밭자락, 나무그늘 아래 용케도 자리를 잡아 기우는 계절의 마지막 열정을 쏟아 내는 것 같다. 차가운 이슬이 내리면 더욱 환한 노랑빛으로 피어나는 산국은 스산해지는 가을 들녘의 적막함을 달래 주는 마지막 들꽃, 우리의 마음을 거둬들이는 마지막 들국화 꽃이다.

어떤 새싹보다도 먼저 싹을 틔우고 오랜 봄과 여름 동안 쉬지 않고 자라나서 늦은 가을녘에야 꽃을 피우는 산국. 구절초나 쑥부쟁이와 같이 산국은 기다림의 가을을 완성시켜 주는 들꽃이라고 할 수 있다. 이들은 무서리가 내리기 시작하는 시월

하순까지도 그 밝은 빛을 잃지 않고 한적한 가을의 들녘을 환하게 밝혀
준다.

계절을 앞서 피는 또 다른 들국화가 없지는 않다. 향초香草, 이른바 허
브Herb의 한 종류인 캐모마일Chamomile이라는 풀꽃도 학명을 보면 국화류
에 속하는 다년초 식물이다. 꽃의 크기가 아주 작기는 하지만 그 모양은
구절초나 쑥부쟁이를 닮아 있어서 늦봄이나 초여름에 피는 들국화라 해
도 손색이 없을 듯하다.

마거리트Marguerite라는 풀꽃 역시 가을을 훨씬 앞서 초여름에 꽃을 피운
다. 꽃이 순백을 띠고 있어 더욱 정결해 보이기도 하는데, 꽃의 크기나 꽃
차례, 잎의 모양새가 구절초와 매우 흡사하다. 그래서 이들을 쉽게 여름 구
절초라고 부르기도 한다. 또 이들을 여름 들국화라고 불러 보면 어떨까?

한여름의 더위가 한풀 꺾이기 시작하면서 피어나는 농원의 들국화가
있다. 참취, 개미취, 곰취와 같은 취나물류의 꽃이다. 국화류에 속하는 이
들 꽃 중에서도 참취는 꽃대의 크기가 어른 키만큼 자라나고 다른 꽃처럼
꽃차례가 단정한 것은 아니지만 파격破格의 균형미를 갖춘 들국화풍의 흰
꽃을 피운다. 반 그늘의 숲 속에서 자라는 참취나 개미취, 곰취의 꽃은 들
국화의 반열에 올린다 해도 전혀 손색이 없는 야생의 풀꽃이라 할 수 있다.

농원에서는 자라고 있지 않지만 이들 캐모마일이나 마거리트도 농원에
서 보살펴 키우는 들국화 가족에 합류시켰으면 하는 생각을 해본다. 그래
서 벌개미취와 구절초, 산국의 꽃이 많이 피는 농원을 들국화 정원으로
만들어 보면 어떨까. 여름에 앞서 피는 들국화가 보태진다면 풀이 자라는
계절 내내 들국화의 정취를 맛볼 수 있으리라.

어쩌면 한 떨기 외롭게 핀 들녘 들국화의 잔잔한 애상과 서정을 너무 많은 들국화 이야기로 거칠게 뒤흔들어 놓았는가도 싶다. 왜냐하면 사실 들국화는 우리가 꼬집어 설명할 수 있는 들녘의 어떤 풀꽃이 아니라 많은 사람들 저마다의 가슴속에 살포시 자라잡고 있는 그리움의 화신花神일지도 모르기 때문이다. 우리가 들에서 보는 들국화도 좋지만 마음으로 조용히 불러서 떠올려 보는 들국화 또한 좋지 아니한가. 🔳

나래실 도랑의 개구리

맑고 깨끗한 나래실 도랑물

큰골을 지나고 방갓골을 거슬러 깊어지는 나래실의 계곡물은 그 양이 별
로 많은 편이 아니다. 계곡의 수역대水域帶가 그리 넓지 않은 데다 물의 연
원이 되는 산의 높이와 계곡의 깊이 또한 별로 높거나 먼 편은 아니기 때
문이다.

계곡의 깊이를 마을 입구부터 계산해 보면 약 칠 킬로미터가 넘지 않을 정도의 거리이다. 그래서 나래실의 계곡물을 개울물이라고 하기에는 좀 모자란 듯하고 또 도랑물이라고 하기에는 아쉬운 느낌이 든다. 그렇지만 한겨울에 접어든 이즈음 계곡물은 그 양이 많이 줄어들어 도랑이라는 이름이 보다 어울릴 것 같다는 생각이 든다.

한여름 나래실 계곡의 도랑은 장마에 불은 물로 항상 경쾌한 소리와 함께 넉넉히 흘러내린다. 계곡 위쪽으로 마을이 끝나는 지점의 도랑은 한 켠의 널따란 바위가 펼쳐져 있는 부근까지도 맑고 깨끗한 물이 쉴새 없이 흘러내린다. 시원스레 콸콸 소리를 내며 흐르는 여름의 나래실 도랑물은 도랑가 또는 바닥 곳곳에 널려 있는 작고 큰 돌멩이와 바위들의 얼굴을 어루만져 새하얗게 씻겨 준다. 비교적 빠른 속도로 흘러내리는 도랑물은 작게나마 굽이지는 계곡 부근에서는 작고 귀여운 모래톱을 만드는가 하면 물살이 빠르고 낙차가 있는 곳 어느 만큼 아래에는 제법 큰 물웅덩이를 만들고는 한다.

농원 입구로 들어서는 작은 다리 부근의 계곡에도 큼직한 돌멩이와 바위들이 도랑가와 바닥을 치장하고 있어 그런 대로 보기에 좋은 모습이다. 그런가 하면 작은 물웅덩이가 아래위로 있어서 물을 길러 쓰는 데도 아주 편리하다. 커다란 양철 조루를 풍덩 담가서 한 번 만에 물을 가득히 채울 수 있는 정도가 되기 때문이다.

가을로 접어들면서 도랑을 흐르는 물의 양은 눈에 띌 만큼 많이 줄어든다. 하지만 줄어든 도랑의 물 섶은 수많은 종류의 들풀이 우거져서 도랑은 여름의 활력에 못지않은 풍성함으로 가득 차게 된다. 물이 줄어 흙이 바닥을 드러낸 곳엔 무성한 갈대가 솟아올라 한 무리의 갈대숲을 이루기도 하고 한산했던 도랑둑 길섶에는 쑥부쟁이 무리가 환하게 꽃을 피우기도 한다.

이제 산도 나무도 들판도 모두가 벌거벗은 겨울, 나래실의 도랑도 지금은 그저 계곡의 한줄기 흘러내림을 위한 통로 정도로 그 모습을 작게 줄여 놓고 있다. 흘러내리는 물의 양도 줄었을 뿐 아니라 가을까지만 해도 무성했던 풀 섶의 잎과 덤불이 사그라져 휑한 기운을 느끼게 한다. 그러나 나래실 계곡의 도랑물은 맑고 경쾌한 소리를 내며 쉬지 않고 흐르고 있다.

농촌이지만 별반 변화를 이루지 않은 나래실의 작은 마을. 아직도 전통적인 논농사와 밭농사에 주로 의존하고 온실 채소 재배나 축산 영농은 거의 보급이 되지 않은 곳. 그래서 아직도 나래실 마을을 북쪽으로 감싸며 서쪽에서 동쪽으로 흘러내리는 나래실 도랑물은 바로 떠서 마실 수 있을 만큼 오염되지 않은 천연의 깨끗함을 유지하고 있다. 더구나 마을 맨 위쪽에 자리하고 있는 나래실아침농원 부근의 도랑물은 그래서 더 맑고 깨끗하다. 개발의 뒷전에 있는 만큼 보존이 되고 있는 깨끗한 물과 공기. 나래실 계곡 마을의 안쪽 상황만을 본다면 해마다 울창해지는 나무숲 덕택으로 더욱 맑고 깨끗한 물과 공기가 더 많이 흘러내릴 것이 틀림없다.

한겨울로 접어들고 있는 요즈음, 된추위가 며칠간 계속되면 이제 도랑물은 꽁꽁 얼어붙을 것이다. 쉼 없이 흐르는 도랑물은 이때만큼은 얼음 아래 물길을 따라 시끄럽지 않게 조용히 속살거리며 흘러내릴 것이다.

산개구리의 수난

농원 근처 밭에 추수가 끝나자 사람들의 발길이 뚝 끊어졌다. 추수가 한 창이던 십일월 초의 늦은 가을까지만 하더라도 두터운 어둠이 내릴 때까지 밭일을 하는 농부들의 인적을 느낄 수가 있었다. 그러나 된서리가 내리고 나서 고추 대궁을 뽑아 젖히는 일을 마친 이후 이곳 산촌 마을에는 아무런 농사일이 없는 것만 같다.

그런데 차가운 기운이 나래실 계곡에 겨울의 느낌을 완연히 가져다주는 초겨울로 접어들면서 농원 부근의 계곡 도랑길이 때아닌 사람들의 발길로 한적하지만은 않은 듯해 보인다. 특히 일요일이 되면 이런 저런 종류의 차를 몰고 나타나는 사람을 심심찮게 볼 수 있다.

어느 날인가 작은 트럭에 '산불조심'이라는 글귀가 쓰여진 깃발을 달고 농원 앞길까지 올라왔던 산림 감시원의 말을 듣고 대략 이때쯤 이 지역에 나타나는 사람들의 목적을 짐작할 수 있었다. 산림 감시원으로부터 도랑에서 개구리를 잡아 구워 먹으면서 혹시나 산불을 내지는 않을까 하는 염려에서 수시로 순시를 하고 있다는 말을 들었기 때문이다. 그 이야기를 들었을 때만 해도 아직도 개구리를 잡아먹는 별난 사람들이 다 있나하는 정도로 대수롭지 않게 생각했는데 지난 몇 주 동안 눈 여겨 관찰해 보니 나래실 계곡으로 개구리를 잡으러 오는 사람들이 한둘이 아닌 듯했다.

개구리 잡이가 아니면 이 겨울에 사람들이 이곳으로 올라올 일이 없을텐데, 특히 토요일 오후나 일요일에는 사람들의 오르내림이 심심찮게 눈에 띄었다. 어떤 때는 도랑가 적당한 곳에 아주 자리를 잡고 앉아 잡은 개구리를 굽고 끓여서 술판을 벌이는 경우도 있었다. 게다가 먹다 남은 술

병, 쓰다 버린 목장갑, 빈 담배갑과 꽁초, 심지어는 피웠던 불을 벌건 숯불덩이로 남겨둔 채 그대로 가버리는 경우도 적지 않았다.

한편으로 보면 이 나래실 계곡에 여러 사람들이 즐겨 잡아먹을 만큼 많은 개구리가 있다는 것은 이곳의 생태계가 살아 있고 건강하게 유지되고 있다는 증거라고 볼 수 있다. 다시 말하면 개구리의 먹이가 되는 생명체가 풍부하다는 이야기가 되며 개구리를 포식하는 또 다른 동물의 존재를 시사하는 것이기도 하다. 이는 비료나 농약의 과다 살포로 인한 수질 오염이 이루어지지 않았음을 말해 주는 것이기도 하다.

그런데 개구리를 잡는 사람들의 행위는 도대체 무엇이란 말인가. 지난 주에 이리저리 들춰졌던 도랑의 돌멩이와 작은 바위들이 이번에 또다시 여기저기로 옮겨져 있는 것을 보았다. 저 돌멩이들이 들춰지면서 돌멩이 아래쪽 깊숙한 곳에서 잠을 자고 있던 개구리 한 마리 한 마리가 차례로 발견되어 사람들의 안줏감으로 사라졌을 것이다.

다행히 이번에 포획을 모면한다 해도 다음 차례 새로운 포획자捕獲者로부터는 벗어나기 어려울 것이다. 다음 포획자는 이미 한두 번 뒤집어 놓은 돌멩이들을 이리저리 쉽게 옮겨 가면서 더더욱 샅샅이 도랑바닥을 헤집을 테니 말이다. 나래실 계곡 도랑의 개구리들은 이렇게 새 천년 첫겨울의 시작을 또다시 무심한 포획자들의 처분에 맡길 수밖에 없는 수난에 처해 있는 것이다.

몸살을 앓기는 도랑도 마찬가지

몰지각한 포획자들에 의해 가장 치명적인 위험에 처하게 되는 것은 개구리이지만 이 못지않게 몸살을 앓는 것이 이들의 보금자리인 나래실의 도랑이라고 할 수 있다. 나래실 도랑의 강돌과 작은 바위들은 올 겨울만 해도 벌써 몇 차례나 들춰지고 옮겨져서 이미 제자리를 잃은 지 오래다.

도랑물이 차츰차츰 줄어들면서 조금씩 자라난 파란 이끼 옷을 따뜻하게 입었던 돌멩이는 허연 배를 드러낸 채 이리저리 나뒹굴고 있다. 한때 세찬 물결에 쓸려 적당한 위치에 자리잡았던 제법 큰 돌멩이는 삐쭉한 모서리를 하늘로 향한 채 몰골 사나운 모습을 드러내고 있다.

단조로워지는 자연의 색조와 좋은 조화를 보여 주었던 암갈색의 물때 낀 바위와 암록색의 이끼나 청태가 낀 돌멩이는 제멋대로 도랑 바닥에 내팽개쳐져 있다. 자연의 보이지 않는 부드러운 손결로 가지런하게 정리되었던 도랑의 물길도 거칠게 흐트러져 버린 듯한 느낌이 든다.

한 마리의 개구리라도 더 잡으려는 사람들의 강력한 포획 의지는 도랑의 바닥 돌은 물론 도랑 둑 방의 보호와 버팀대 역할을 하는 도랑가 근처의 돌까지도 들쑤셔 놓고 있다. 내년 여름 큰물이 나갈 때면 약해진 도랑가의 흙이 쉽게 유실되고 도랑 바닥은 조금씩 높아져서 지금처럼 산뜻한 도랑의 모습을 점차 잃게 될지도 모른다.

산개구리는 이런 수난을 견뎌 낼 수 있을까?

가끔 도랑 한 켠에 있는 웅덩이의 물을 모두 퍼내고 웅덩이에 있는 모든 것들을 싹쓸이하는 경우를 보기도 한다. 개구리는 물론이고 버들치도 잡고 미꾸라지도 잡고 가재도 잡을 것이다. 웅덩이를 쳐내고 나서 발견할 수 있는 생명체는 무차별적으로 잡아 무공해의 별식이라는 맛있는 먹거리로 모두 취할 것이다.

그렇다고 나래실 도랑의 모든 개구리와 생명체가 멸종되리라고는 믿고 싶지 않다. 나래실 도랑 전체를 막고 물을 말리지 않는 이상 어딘가에 숨어 있을 또 다른 생명체는 이 겨울을 살아남아 내년 새봄에 더욱 왕성한 생명과 번식의 활동을 계속할 것이기 때문이다.

그간 개구리의 수난과 도랑 훼손이 끊이지 않았지만 개구리는 살아남았다. 필시 개구리는 인간의 끊임없는 포획으로부터 살아남는 지혜를 가지고 있음에 틀림이 없다.

의외로 쉽게 깨질 수 있는 것이 생태 순환의 고리라고도 말하지만 또 한편으로 믿어지지 않을 만큼 강력하고 신비로운 생태계의 복원력復原力은 이 정도의 수난을 충분히 이겨 낼 수 있지 않을까 믿고 싶어진다. 그러나 바람이 있다면 개구리가 안심하고 살 수 있도록 우리 인간이 그들의 보금자리를 더 이상 공격하지 않았으면 하는 것이다. 이 나래실 계곡의 산개구리가 더 이상 괴팍스러운 미식가의 안주거리가 되지 않았으면 하는 것이다. 이 깨끗한 나래실의 실개천 도랑이 개구리 포획자들의 등살로 몸살을 앓지 않았으면 좋겠다. 🔲

농원의 한 가족이 된 뱀

시골, 그것도 산촌에서의 농원 생활은 야생의 자연과 접하면서 도시 생활에서는 전혀 신경을 쓰지 않았던 일에 마음을 두게 되는 경우가 적지 않다. 한밤에 무섭게 울어대는 산짐승의 울음소리, 틈만 있으면 돌아다니며 흔적을 남기는 들쥐, 집 구석 한쪽에 덩그렇게 지어 놓은 벌집, 그리 극성스럽지는 않지만 심심찮게 달려드는 모기…….

가끔씩 땅 위로 기어나오는 지렁이, 나뭇잎에 성충으로 커 가고 있는 징그러운 나비애벌레 같은 작은 생명체마저도 흙과 거리를 두고 여리게 살아가는 많은 사람들에게는 질겁의 대상이 될지도 모른다.

농원 생활을 시작하면서 신경이 쓰이는 것이 한두 가지가 아니었지만 유독 마음이 쓰이는 한 가지가 있었다. 바로 뱀을 어떻게 할 것인가 하는 문제였다. 물과 들, 산이 있고 풀숲이 있으면 더불어 당연히 있는 것이 뱀이라는 생각이 들었기 때문이다.

사실 뱀띠 해에 태어난 나는 이도 인연인 만큼 지혜롭다는 뱀의 이미지를 새롭게 만들어 보기도 하고 많은 사람들이 싫어하지만 말없이 조용히 살아가는 뱀의 생태에 호감을 가지려고 노력하면서 어떤 친밀감 같은 것을 쌓을 수 있다는 생각을 해보기도 했다. 하지만 징그럽고 섬뜩하게 느껴지던 뱀에 대한 선입견, 뱀에 물리면 치명적일 수 있다는 생각 따위는 좀처럼 씻어 버리기가 어려웠다. 설사 뱀이 사람을 해칠 의도는 없었다 하더라도 서로가 예기치 않은 상황에서 조우하는 경우 본능적으로 상대방에게 위해危害를 가할 수 있는 가능성은 얼마든지 있다고 여겼기 때문이

다. 그래서 농원 생활을 시작하면서 스스로 만든
안전 수칙 중에는 농원에서 만날 수 있는 뱀으로
부터의 위험을 예방하는 방법을 주요한 항목의
하나로 포함시키기도 했다.

그런데 지난 이 년여간의 농원 생활 동안 농원 구
석구석의 풀을 베고 나무를 가꾸고 도랑을 치고 산책을
하면서도 의외로 뱀이 눈에 띄지 않는다는 것을 알게 되었다. 그러고 보
니 농원에는 뱀이 즐겨 잡아먹는 먹잇감인 흰개구리 역시 보이지 않았다.
도랑에서 가끔 보이는 것은 배가 붉은 산개구리뿐이었다. 그간 과수 농사
에 뿌린 많은 농약, 풀을 잡기 위해서 뿌린 제초제 등으로 개구리와 뱀이
공존하는 생태계의 먹이 사슬이 끊어졌는지도 모르는 일이었다. 그렇지
않고서야 으레 있어야 할 자연의 한 구성 요원이 빠질 리가 없는 것이다.

그런데 드디어 농원에서 뱀을 발견한 것이다. 뱀에 대한 경계심이 사라
지고 뱀에 대한 생각조차 거의 다 잊혀져 갈 무렵 뱀의 존재를 확인하고
말았다. 산딸나무 숲이 있는 언덕 쪽으로 건너가는 다리를 지탱해 주는
돌담 사이에서 아내가 뱀을 보았다. 다리는 오후가 되면 매실나무의 그늘
이 드는 곳이라 일을 하다가 자주 그곳에서 쉬기도 하고 참을 먹기도 했
는데 바로 아래의 돌 틈에 또 하나의 예상했던 농원 가족이 살고 있는 것
이었다.

하기야 올해 초여름부터 가끔씩 보이기 시작한 흰개구리를 보면서 이
들을 쫓아 뱀이 찾아들 수 있지 않을까 하는 생각을 언뜻 하기도 했다. 돌
틈에 몸의 일부를 걸치고 있는 녀석은 잘생긴 살모사로 엷은 갈색 톤의

모자이크 무늬를 가지고 있었다.

　언젠가는 만나게 되리라는 마음의 준비를 하고 있었던 때문인지는 모르겠지만 그 녀석을 발견하고도 볼 것을 보았다는 의외로 덤덤한 느낌이 들었다. 녀석을 먼저 발견했던 아내도 마찬가지로 마음의 준비가 돼 있기라도 했던 듯이 담담하게 받아들이면서 꼼짝도 않고 아마도 해받이를 하고 있는 녀석을 오랫동안 살펴보기도 했다.

　구월 초 언덕바지 꽃다랑이의 구절초 밭을 일구는 동안 처음 모습을 드러낸 뱀은 그 이후로도 몇 주간 가끔씩 거의 같은 자리에 모습을 드러내고는 했다. 녀석을 몇 번 만나고 나서는 애초에 예리하게 날을 세웠던 경계심보다는 호기심이 더 커지고 일종의 묘한 친근감, 동류의식 같은 것이 느껴지기도 했다. 이 큰 우주에서 이렇듯 가까운 농원의 한 영역에서 함께 살고 있으니 어떤 형태로든 친소親疎의식을 가지는 것은 너무나 당연한 것인지도 몰랐다.

　어쨌든 산딸나무 숲 다리 근처에 뱀이 살고 있다는 사실을 알고 나서부터는 그곳을 지나칠 때면 언제나 그 녀석이 나왔던 자리를 살피게 되고 가급적 멀리서 지나가고는 했다. 가까이 가는 것이 내키지 않기도 했지만 가급적이면 녀석의 생활을 방해하고 싶지가 않았다.

　사람들이 야생동물의 생활 영역을 인정해 주고 활동하는 현장을 피해서 지나가는 등 친화적인 행동을 보여 주는 경우 그들도 쉽게 경계심을 풀고 같은 주변 영역에서 별다른 거부감의 표시나 공격적인 행위를 하지 않고 공생해 나가는 습관에 익숙해지게 된다는 어느 동물 사회학자의 글을 읽은 적이 있다.

사실 농원이 사람만의 절대적 공간은 아니지 않은가? 우리가 일부러 그들을 해치지 않는다면 그들도 우리를 의도적으로 해치지는 않을 것이 아닌가? 또 뱀을 모두 퇴치해 버려야 한다는 강박관념에서 뱀과의 전쟁을 선포할 수도 없지 않은가? 뱀이 서식한다는 것은 생태계가 건강하게 회복되고 있다는 좋은 증거가 아닌가? 뱀에 대한 일말의 경계심이 모두 사라진 것은 아니었지만 우리는 이런저런 생각 끝에 농원에서 뱀과의 공존을 허용하는 삶을 선택하지 않을 수 없었다.

음습한 풀숲이 많아지면 아무래도 개구리나 뱀이 쉽게 서식할 수 있는 공간이 많아짐을 의미한다고 할 수 있을 것이다. 따라서 어느 정도의 범위 내에서 뱀이 살아가도록 하려면 농원에 좀 더 많은 손길을 주어야겠다는 생각이 들기도 한다. 배수로를 고치고 도랑도 치고 오래된 덤불을 걷어 내는 식으로 말이다.

사람의 마음이 간사해서 개구리를 잡는 문제에 대해서도 생각을 바꾸어야만 할 것 같다. 해마다 늦가을이면 도랑을 헤집어 개구리를 잡는 사람들을 매우 못마땅하게 생각하고는 했는데 개구리의 개체 수가 크게 늘어나지 않을 만큼은 잡아도 좋지 않을까 하는 편의주의便宜主義적인 생각이 들기도 하는 것이다.

무엇보다도 자연을 있는 그대로 받아들이는 마음의 자세가 중요하지 않을까 싶다. 자연은 몹시도 은혜롭고 신비롭고 아름다운 것이지만 한편으로는 그들 본연의 천성 탓에 때로는 우리 인간에게 호의적이지만은 않을 수가 있다. 그러나 가끔 자연의 비우호적인, 경우에 따라서는 위협적이기도 하고 적대적이기도 한 그들의 모습은 우리가 분노하거나 원한을

품을 그런 성질의 것이 아니라는 것도 잘 알고 있다.

벌이 우리를 쏘았다고 해서 벌에 진정한 증오를 느낀 적이 있는가? 폭우가 쏟아져 물난리가 났다고 해서 이를 가져다준 자연에 대해 깊은 원한을 가진 적이 있던가? 뱀이 우리를 문다면 그것은 끔찍한 일이기는 하지만 뱀이 비난받을 만큼 그렇게 사악하다는 생각을 가지지는 않을 것이다. 무엇인가 더 깊은 우주의 섭리나 절명絶命에 이르게 될지도 모르는 어떤 본능이 이를 행하게 했을 것이라는 것을 알고 있기 때문이다.

뱀도 이제 우리 농원의 한 가족으로 함께 살아가고 있다. 위험한 동거일 수도 있지만, 또 그 위험이 언제 들통나서 이 긴장감 있는 동거를 파경에 이르게 할지는 모르지만, 그들이 우리에게 해를 가하지 않는 이상 지금의 그 자리에서 살아가게 할 것이다. ▨

새소리, 물소리, 바람 소리

눈부신 햇빛, 다채로운 풀과 나무, 언제나처럼 상큼한 공기, 밤의 깊은 어둠과 정결하게 펼쳐진 하늘의 별 무리 이런 것들이 나래실아침농원을 산촌 농원답게 만들어 준다. 가득 풍성하게 채워져 있지만 소리내지 않으며 조용하고 고요하게 살아가는 것들이다.

그런가 하면 농원에 생기를 불어넣고 삶의 숨결을 더욱 가깝게 느낄 수 있게 하는 것들이 있다. 새소리, 물소리, 바람 소리이다.

아침의 눈부신 햇살이 퍼지기 전에 이른 새벽을 깨우는 것은 새들의 지저귐 소리다. 새는 언제나 먼저 일어나 채 가시지 않은 새벽 어스름을 떨쳐 내기라도 하듯 맑은 소리로 울어댄다. 특히 집 근처 가까운 나무나 숲에 찾아와 지저귀는 새의 소리는 보다 가늘고 경쾌하게 들린다. 가깝게 다가와 지저귀는 새일수록 그 소리가 즐겁고 행복해 보인다.

그러나 조금 멀리서 들려오는 새의 소리는 약간은 무겁고 애달프게 느껴진다. 이른 봄부터 서글픈 듯 애타게 울어대는 두견과 소쩍새, 오월의 송홧가루가 날리는 늦봄 한때 한숨짓듯 한가하게 울음소리를 내는 뻐꾹새, 울음소리인지 외침소리인지를 구분하기 어려운 산비둘기 소리, 이들의 소리는 멀리서 그러나 더 크고 구성지게 들려온다.

딱따구리가 어떤 울음소리를 내는지는 알 수 없지만 딱따구리가 큰 나무줄기를 두드리는 소리도 농원에서 들을 수 있는 소리의 하나가 되었다. 녹음이 우거지는 한여름에는 이들이 나무를 두드리는 소리를 들을 수 없지만 가을이 되면서부터 봄이 오기까지 딱따구리의 소리는 자주 농원 가까이에서 들을 수 있다. 여름 한철 딱따구리의 소리를 들을 수 없는 것은 아마도 나무줄기를 뚫지 않고도 먹잇감을 많이 얻을 수 있기 때문인지도 모르겠다.

이밖에도 기기묘묘한 소리를 내는 새들은 수없이 많다. 그러나 이들은 녹음이 무성한 숲 속 어딘가에 작은 몸을 숨기고 있어서 그들의 모습을 알아보기는 그리 여의치 않다. 더구나 이들은 한 곳에 오래 머물기보다는 쉬지 않고 이곳저곳으로 옮겨다니기 때문에 그들의 모습과 소리를 분별해 내기는 쉽지 않다.

그래서 새들의 소리는 부는 바람의 소리처럼 흐르듯 주워 듣는다. 어느 새의 소리일까 구태여 알아내려 하기보다는 소리를 들으면서 그 새의 생김새나 크기 따위를 머릿속에 그려 본다. 가늘고 짧은 고음의 소리를 재빠르게 반복하는 새는 필시 몸집이 작고 부리도 작지만 더욱 도톰한 새가슴을 가졌을 것이며, 맑고 곱지만 조금은 느리고 긴 소리를 내는 새는 아마도 조금은 큰 몸집과 긴 목덜미에 날씬한 몸뚱이를 가졌을 것이라는 생각을 해본다.

새의 소리가 가장 청아하고 곱게 들리는 때는 해 뜨기 직전의 고요와 차가운 정적이 흐르는 이른 아침일 듯싶다. 모든 것이 정지해 있는 듯한 조용한 시간, 곳곳에서 들려오는 새들의 소리는 천상의 소리 바로 그것이 아닐까 싶을 만큼 맑고 곱다.

해가 뜨고 자고 있던 다른 것들이 함께 깨어나면서 새들의 소리는 가라앉고 곧 새들은 깊숙한 숲을 찾아 자리를 옮기는 것 같다. 그렇다고 모든 새가 자리를 옮기는 것은 아니다. 새는 여전히 남아 농원 이곳저곳을 오가며 지저귄다.

농원에서 움직이며 소리를 내는 또 다른 것은 도랑물이다. 하루 스물네 시간, 일 년 열두 달 끊이지 않고 들려오는 소리가 아마도 도랑물 소리일 듯싶다. 농원의 중간을 계곡 위에서 아래로 타고 내리면서 도랑물이 만들어 내는 소리는 계절이나 때를 달리하면서 그때마다의 소리를 낸다.

겨우내 산에 쌓였던 눈이 녹아내려 흘러내리는 초봄의 도랑물 소리는 작지만 유난히도 맑다. 작은 물줄기로 졸졸거리며 흐르는 이른 봄의 도랑물은 메마른 대지를 촉촉이 적셔 주는 데는 턱없이 부족하지만 젖줄처럼이나 달콤하고 잔잔하게 속삭이듯 소리내며 흘러내린다.

흠뻑 봄비가 내린 뒤 더욱 차갑게 흘러내리는 도랑물은 일 년 중 가장 즐겁고 경쾌한 소리를 내는 것 같다. 땅속 깊숙이까지 새봄의 숨결을 전해 주면서 골짝을 타고 내리는 도랑물은 도랑이 바닥에 깔고 있던 묵은 낙엽, 눈과 얼음이 남겨 놓은 겨울의 찌꺼기를 말끔히 씻어 내린다. 한겨울의 때를 벗어 버리는 도랑물 소리는 즐겁고 명랑하다.

산방山房의 동창을 열어젖히면 더욱 크게 들려오는 한여름의 도랑물 소리는 더위를 모두 잊게 할 만큼 힘차고 시원하게 흘러내린다. 장마로 수량이 부쩍 늘어난 도랑물은 마치 작은 폭포수가 만들어 내는 기세 좋은 소리를 낸다. 무더위가 한껏 기승을 부리는 칠월 중하순, 도랑을 가로질러 쌓아 놓은 돌막이를 넘쳐흐르는 쾌활한 소리를 들으면 뼛속까지 시원해지는 느낌이 든다.

가을로 접어들면서 그 크기가 점차 줄어드는 도랑물 소리는 한가을에 이르게 되면 농원의 가을 풍경에 알맞는 크기로 줄어든다. 도랑물 위에 떨어진 갖가지 낙엽이 겨우 물길을 찾아 흘러 내려 갈 만큼 작아진 도랑물은 가을의 정적을 깨지 않고 조용한 소리를 내며 흐른다. 마치 땅속으로 스며드는 듯 작고 공손하게 흐르는 늦가을의 도랑물 소리는 그나마 겨울의 거친 바람 소리가 일기 이전에 농원의 살아 있는 숨결을 느끼게 하는 반가운 소리가 아닐 수 없다.

농원의 도랑물 소리는 엄동설한에도 그 명맥을 유지한다. 끊기듯 흘러 내리는 겨울 물소리는 엷게 언 얼음장 아래로 들릴 듯 말 듯 조용한 숨결 처럼 숨어든다.

겨울 농원에서 자라나는 생명의 소리가 숨을 멈추고 움직이는 새의 소리, 흐르는 도랑물 소리도 잠시 숨을 죽인다. 그 대신 거친 바람 소리가 넓게 트인 허공을 채운다. 모든 것이 깊은 정적과 고요에 쌓인 농원에는 휑한 산등성과 비탈에 선 빈 나뭇가지를 타고 위아래로 불어 대는 바람 소리가 쉬지 않는다.

산등성을 비껴 내려 계곡을 타고 오르내리는 한겨울의 바람 소리는 무섭게 으르렁거리는 산짐승의 소리를 닮기도 하고, 빠른 속도로 활의 시위를 떠난 화살 소리 같기도 하고, 초고속 비행체에서 나는 낯선 기계음의 소리를 닮은 것 같기도 하다. 깊게 쌓인 눈밭 위로 휘몰아치는 바람은 가늘게 부서져 흩날리는 눈보라를 만들며 날카로운 휘파람 소리를 내기도 한다.

살아숨쉬는 생명의 숨결 소리가 가득한 한여름의 바람은 웬만해서는 그 소리를 만들지 못하는 것 같다. 억센 뭇 생명의 입김에 압도되어 멀찌 감치 물러나 있는 것 같다. 그러나 여름의 바람은 뭇 풀과 나무의 기운이 하늘을 뚫을 만큼 충천하는 시기에 때때로 세찬 비바람을 몰고 와 무서운 광풍의 소리를 내기도 한다.

살갗으로 느껴서 알 수 있는 훈훈한 봄바람 소리와 삽상한 가을바람 소리는 마음을 설레게 만든다. 정처 없이 살랑대며 일렁이는 농원의 봄바람 소리는 마음속으로 들려오고 여름의 열기를 씻어 내며 사뿐하게 비껴 들리는 가을의 바람 소리는 머리 속으로 들려온다.

자동차의 경적과 소음, 도시의 잡다한 굉음으로 멍해졌던 머리와 복잡한 생각으로 메숙했던 마음이 농원의 새소리, 물소리, 바람 소리를 듣는 순간 다시 맑고 따스해진다. 농원은 지금 또 다른 소리 속에 잠겨 있다. 장마가 하루 종일 뿌려 주는 굵은 빗소리다. 크게 불어나서 콸콸 흘러내리는 도랑물 소리와 숲과 정원으로 쏟아져 내리는 무수한 빗방울 소리가 고즈넉하게만 느껴지는 농원을 여름의 소리로 흘러넘치게 한다.

새 친구가 된 나무

농원에서 주인의 자리를 차지하고 있는 것은 나무이다. 농원에는 풀도 많고 물도 있고 바람도 있고 새나 곤충도 많지만 나무가 농원의 가장 많은 면적을 차지하며 두드러진 모습으로 살아가고 있기 때문이다.

농원의 절반쯤 경계를 만들어 주는 것도 나무가 울창하게 들어서 있는 숲이다. 나무가 많이 자라고 있는 농원이 산으로 이어지는 숲을 연하고 있어 얼핏 보아서는 숲과 농원을 구분하기가 어려울 수도 있다. 좀 더 나무를 가꾸어 키우면 '숲 속의 농원', '숲의 농원'이라고 불러도 별 무리가 없을 듯싶다.

그만큼 농원과 농원 주위에 자라는 나무의 종류도 다양하다. 언제나 그 자리에서 나를 반겨 주는 나무. 농원 안에만 보더라도 우리에게 낯익은 많은 종류의 나무가 자라고 있다. 소나무를 시작으로 구상나무·주목·향나무·측백나무·흑송 따위의 늘 푸른 나무, 홍단풍·산단풍·개단풍·은행나무·붉참나무·산딸나무·낙엽송·낙우송·신나무·뽕나무·두충나무·느릅나무·두릅나무 따위의 잎과 단풍이 아름다운 나무, 목련·수수꽃다리·분홍장미·영산홍철쭉·줄장미·옥매와 홍매·산사나무·불도화나무·벚나무·생강나무·박태기나무·목백일홍·찔레나무·산딸기나무·버드나무·조팝나무 따위의 꽃과 열매가 예쁜 나무, 매실나무·자두나무·복숭아나무·배나무·모과나무·대추나무·밤나무·산수유나무·꽃사과나무 따위의 열매가 달리는 나무가 있다.

농원의 주위를 둘러싼 숲에는 농원에 살고 있지 않은 또 다른 많은 나무가 살고 있다. 참나무를 비롯해서 오리나무 · 옻나무 · 산벚나무 · 싸리나무 · 산돌배나무 · 진달래 · 산철쭉 · 엄나무 · 오가피나무 · 층층나무 · 잣나무 · 전나무 등이다.

풀과 나무에게 관심을 갖기 시작하면서 적지 않은 나무의 이름과 그 모양새도 알게 되었다. 하지만 우리 주위에서 가깝게 살아가고 있는 나무만 하더라도 워낙 그 종류가 많고 다양해서 쉽게 그 나무를 알아볼 수 없는 경우가 적지 않다.

특히 나무의 모습이나 열매의 모형, 단풍의 색깔이 특이한 경우에는 당연히 그 나무의 이름이 무엇일까 하는 호기심이 생기게 된다. 산골 농원에서 자라고 있는 나무 중에서도 평소에 잘 알지 못하던 나무는 식물도감을 찾아보거나 사람들에게 물어 보기도 해서 그 이름을 알아낸 것이 적지 않다.

나무나 풀의 이름을 들어 그것을 알고 있는 것과 모르는 것에는 많은 차이가 있는 것 같다. "내가 그의 이름을 불러 주었을 때 그는 내게로 와서 꽃이 되었다."고 노래한 어느 시인의 시구가 말해 주고 있는 것처럼 이름을 기억하면서 바라볼 때 분명 그 나무가 더욱 나에게 가깝게 다가옴을 느낄 수 있다. 수많은 사람들 중에서 내가 그의 이름을 알고 있는 친근한 사람과 그 이름을 알지 못하는 낯선 사람을 만나게 되는 차이와 같다고나 할까.

농원의 산 섶 가까이에 주로 살고 있는 나무 중에서 최근에 새로 알게 된 나무의 이름과 그 모습을 살펴본다.

좀작살나무

형광빛이 묻어나는 자주색 열매 송이가 특이한 나무다. 잎새가 자잘하고 나무줄기도 가는 관목성 나무이고 큰 나무 그늘 아래에서 잘 자라는 것 같다. 열매의 크기는 작은 팥알만하지만 아주 매끄럽고 윤기가 흐른다. 색깔이 눈에 확 띄는 것을 보면 그 열매에는 사람에게 치명적인 독이 들어 있을 것만 같은 생각이 든다. 이미 열매를 맺은 상태여서 꽃의 모습을 가늠해 보기는 어렵지만 꽃보다 열매의 모양이 더 돋보이는 나무가 아닐까 싶다.

지난해 가을 법흥사의 적멸보궁을 오르는 길목 어디쯤 소나무 숲 아래서 특이한 모습으로 눈에 띄었던 것이라 무슨 나무일까 궁금해하고 있었다. 농원 건너편 산 섶 그늘에서 자라고 있는 나무를 자세히 살펴보고 도감을 찾아보니 '좀작살나무' 라는 이름이 붙어 있었다. 좀이라는 말은 '작다' 는 뜻의 접두어라고 알고 있어서 좀 더 큰 '작살나무' 라는 것이 있는지 궁금해진다.

회잎나무, 참빗나무, 홋잎나무, 화살나무

작은 홍자색 열매와 짙붉은 단풍이 귀여운 나무다. 진달래만한 크기 정도로 자라는 관목으로 마주 보기로 난 작은 잎새들이 선홍의 짙은 단풍색을 물들인다.

서울 강남의 언저리에 있는 구룡산 초입에서 이 나무를 보고 아주 궁금해했는데 같은 모습의 나무를 산방으로 오르는 길가 산 섶에서 발견한 것이다. 도감을 찾아 꼼꼼히 비교해 보니 회잎나무, 참빗나무, 홋잎나무, 화살나무 등의 많은 이름을 가지고 있었다. 사람들 눈에 잘 띄는 곳에 자라다 보니 이를 보는 사람들마다 각기 그 특징을 보고 제각각 이름을 붙여 준 모양이다.

홍자 빛깔을 가진 열매가 있는가 하면 적자색의 깊은 색조의 열매도 있다. 햇빛을 얼마나 받느냐에 따라 그 색에 차이가 나는 것은 아닌지 모르겠다.

구룡산 초입에 있던 회잎나무의 꽃은 연노랑 꽃잎과 노랑 꽃술이 자잘하게 피는 꽃으로 기억이 된다. 나뭇가지에 회색의 화살촉처럼 생긴 깃을 달고 있는데, 화살나무라는 이름은 그래서 생긴 모양이다. 멀리서는 눈에 잘 띄지 않지만 산 섶 가까이에서 제일 먼저 붉은 색깔의 단풍을 물들이는 나무다.

초피나무

소나무 동산 위쪽의 붉참나무 숲의 잡목을 정리해 주다가 혹시 엄나무가 아닐까 하는 생각에서 남겨 두었던 나무다. 이 미터쯤 되는 어린 나무지만 단단해 보이는 수피에 검은색의 예리한 가시를 달고 있다. 잎은 무주보기로 난 잎자루가 아까시아나무 잎자루를 닮았지만 잎새의 크기가 그보다는 작고 도톰한 느낌을 준다.

너무 어린 나무라 열매를 맺지 않을 것 같지만 도감에는 노랑꽃이 핀다고 나와 있다. 또 파란 녹색 열매가 익으면서 붉은색 껍질 안에 새까만 씨앗이 생긴다는 설명과 함께 새까만 씨앗이 익어 가고 있는 사진을 담아 놓았다. 삼 미터 정도의 높이로 자라는 관목류의 이 나무는 잎을 먹을 수도 있고 열매는 향신료로도 쓰인다고 한다. 혹 산초나무라고 부르는 나무가 이 나무가 아닐까 하는 생각도 해본다. 두 나무가 서로 많이 닮아 있기 때문이다.

백당나무

발갛게 익은 열매의 모양과 연노랑빛으로 물든 잎색을 견주어 보고 틀림없이 '백당나무' 라는 것을 알 수 있었던 나무다. 열매가 크기는 조금 작지만 흡사 앵두처럼 밝은 빛의 선홍색을 띠고 있다. 내 키보다는 더 크지 않을 것 같은 나무줄기 덤불을 이루고 있고 잎새의 모습은 머루넝쿨의 것과 비슷해 보인다.

도감은 백당나무가 인동과에 속하는 나무로 봄에 흰 꽃이 피며 관상용으로 가꾸어지고 있다고 설명하고 있다. 농원 계곡의 맨 위쪽으로 오르는 산 섶 근처에 덤불 하나를 이루고 있다. 누군가가 그곳에 심은 것인지, 저절로 그 자리에 나서 자란 것인지는 알 수가 없다.

아그배나무

배나무 밭 근처에 심어져 있어서 산나무가 아니라는 것은 직감했지만 그 이름이 궁금했던 나무가 두 그루 있다. 옅은 갈색으로 곱게 익은 작은 열매를 보고 이 나무들이 아그배나무임을 알 수 있었다. 직경이 채 이 센티미터가 되지 않을 것 같은 열매가 꼭 배의 모양을 닮았다. 그 맛도 다소 떫은 맛이 있기는 하지만 달콤한 배 맛을 느낄 수 있다.

도감에는 아그배나무가 장미과에 속하는 나무이며 다른 유사한 이름의 '꽃아그배나무' 라는 나무도 있다고 소개하고 있다. 아그배나무는 과수로 재배하는 배나무보다는 그 열매나 잎새의 크기가 모두 작다. 하지만 키도 제법 크고 농약을 뿌리지 않아도 열매를 잘 맺는 것을 보면 배나무의 야생 원종原種이 아닐까 하는 추측을 해보게 된다.

노박덩굴

큰 뽕나무가 서 있는 언덕바지 부근에 노박덩굴이 자라고 있다. 이를 나무라고 해야 할지는 모르겠지만 여러해살이 식물임에는 틀림이 없다. 이 미터 높이의 자두 나무를 감고 올라 이 나무를 고사 직전까지 몰고 가려던 넝쿨식물을 모두 걷어 냈는데 가을이 되고 보니 이 넝쿨이 줄기를 옆으로 뻗고 열매를 맺어 아주 보기 좋은 모습을 하고 있는 것이 아닌가. 이름이 무엇인지도 모르고 무조건 잘라 버렸는데 단풍이 든 모습과 열매의 모양을 보니 잘못했다는 생각이 들기까지 했다.

다홍색의 작은 열매들이 노랑색 속껍질을 위로 젖히고 나와 노랑색 껍질과 다홍빛 열매 송이들이 제법 잘 어울리는 모습을 하고 있다. 밝은 색의 열매 송이들이 단풍이 든 넝쿨 줄기에 줄지어 매달려 있어 단박에 눈길을 사로잡는다.

한여름의 넝쿨 모습으로 보아서는 다래넝쿨 같기도 하지만 열매의 모양이 워낙 다른 것만 보더라도 다른 종류임을 알 수 있다. 매끈하고 신선한 녹색 잎이 거친 모습의 다른 넝쿨식물과는 또 다른 느낌을 준다. 모든 것이 다갈색의 쓸쓸한 모습을 하고 있는데 유독 노박덩굴의 열매만은 꽃보다도 아름다운 자태를 뽐내고 있다.

좀깻잎나무

나무라기보다는 풀처럼 생긴 나무다. 잎이 흡사 들깻잎 모양을 닮았다. 풀뿌리 같은 큼직한 뿌리뭉치에서 가는 나무줄기가 무수히 돋아난다. 수염꼬리 모양의 꽃타래는 붉은 기운이 도는 짙은 갈색을 띤다.

이들은 도랑가, 나무 아래 그늘진 곳에 잘 자란다. 줄기를 잘라 내면 이내 수북하게 다시 새 줄기가 솟아난다. 왠지 정이 붙지 않아 보이는 대로 뽑아 버리고는 하지만 번식력이 좋은 탓에 어느새 여기저기에서 또다시 자라난다.

나이가 들면서 새로운 사람을 만나는 것이 부담스러워지는 경우가 있다. 이제껏 사귀어 온 사람들과의 관계마저도 때로는 점차 멀어져 가는 듯한 느낌을 갖게 되는 경우가 없지 않은데, 새로운 사람을 만난다는 것이 솔직히 신경을 쓰지 않을 수 없는 일이기 때문이다.

이와는 달리 농원을 산책하거나 뒷산을 오르면서 만나게 되는 새로운 풀이나 나무는 무척 반갑고 즐겁게 느껴진다. 마음에 드는 친구 한 사람이 금방 새로 생긴 듯한 기분이 든다. 그 나무나 풀의 생김새가 어떻든, 그것의 쓰임새가 있는지의 여부와 관계없이 우선은 그들을 알고 싶어진다. 이름이 무엇인지, 어떤 꽃이 피는지, 단풍의 색깔은 어떤지 궁금한 것이 한두 가지가 아니다. 도감을 뒤지거나 해서 이름을 알고 나면 그 나무나 풀은 마치 오래 사귀어 온 친구처럼 쉽게 가까워진다. 이름 하나만 알고 나도 그들의 많은 것을 잘 알고 있는 듯한 느낌을 갖게 된다.

그렇다. 그것은 내가 그들의 이름만을 알더라도 이미 그들이 이리저리 쉽게 자리를 옮기지도 아니하고 어떠한 불평도 하지 아니하며 욕심을 부리지도 아니하고 그저 묵묵히 자기의 삶을 살아간다는 것을 잘 알기 때문이다. 낯선 그들이지만 다른 나무와 풀은 이미 나에게 그들의 많은 것을 알려주었기 때문이다.

오늘 산책에서는 어떤 낯선 나무나 풀을 만나게 될까 기다려진다.

산딸나무숲

오솔길

입구

도랑

감자

도라지   2004

백일홍   2006

코스모스   2006

참나물   2006

케일 아욱

민들레   2005

2006

참취   2006

곰솜바귀   2003

갈대 패랭이   2003

함박 (모란)   2004

매발톱꽃   2002

큰 다랑이 밭

나래실아침동원
새 풀과 나무들의 모자익
모종다랑이 와 도라지 밭

2006년에 뿌리고 심은 것들
일년초 : 백일홍, 코스모스,
다년초 : 참취, 벌개미취, 범길러, 맥문동, 취나물
채소작물 : 감자, 고추, 가지, 대파, 케일, 아욱.

※ 그간에 만든 자생초 모종 밭
　민들레, 돌솜바위, 무릇, 제비꽃, 개미취.

돌계단길
산딸나무숲

30평
동　원　안　길
다랑이밭 약20평
2005
산방 →

흙매
(당매)

ㅇㅇㅇ
Blue-
berry
ㅇㅇㅇ
ㅇㅇㅇ

구절초

벌개미취

고추

가지

대파

개미취(자생)

맥문동
2006

범길러
2006

2004　2003　2003　　2006

배 수 로

오솔길

↓ 병갓산

몸소
일하는
즐거움

일하면서 즐거움을 느낀다면 그것은 일이 아닐 것이다.

그것은 행복이고 사랑이며 기쁨이고 축복일 것이다.

또 일을 하면서 즐겁다는 것은 그 일의

결과뿐만이 아니라 그 일 자체가 가져다주는 보람을

느끼고 있다는 뜻이 될 것이다.

밥벌이로 어떤 일을 하려고 한다면 즐겁던 일이

갑자기 싫어질 수도 있을 것 같다.

그러나 농원에서 자연을 몸소 땀 흘려 가꾸고

사랑하는 일은 언제이고 즐겁고 행복할 것만 같다.

안에 갇히기보다는 밖으로 나와

내 육신의 움직임이 농원에 숨결을 뿌리고 있는

다른 많은 생명체와 서로 부대끼고 교감하면서

더 많은 무언의 대화를 나눌 수 있었으면 싶다.

도랑에 통나무 다리를 놓고

집 앞 도랑을 건너는 다리를 놓았다.
먼저 놓여 있던 허술한 다리가 그나마 오래되어
도랑을 건너 오가는 데 위험했기 때문이다.

아래쪽 도랑의 폭이야 겨우 일 미터 남짓한 정도지만 깊이 패인 경사진 도랑의 양쪽 둑을 연결하는 데는 약 육 미터 길이에 달하는 세 개의 통나무가 필요했다. 마침 이웃 농장에서 낙엽송 통나무 몇 개를 쉽게 얻을 수 있었다.

이 통나무를 도랑 위에 걸쳐 놓고 보니 다리를 받쳐 주는 교골橋骨로서는 손색이 없었다. 그 길이도 안성맞춤인 데다 통나무가 되다 보니 자연적인 농원의 분위기에 썩 어울리는 모습이 아닐 수 없었다. 그런데 이 교골 위에 깔아야 할 상판, 즉 교판橋板이 문제였다. 굵기가 가는 통나무를 촘촘히 얹는 것도 방법이 되기는 하지만 잇댄 나무와 나무 사이의 굴곡 때문에 불편함을 감수하지 않으면 안 되었다.

그 대안으로 비용이 조금 들더라도 제재목으로 상판을 깔기로 했다. 두께 두 치, 폭 네 치의 송판을 세 자쯤 되는 길이로 잘라 약간 일정한 간격을 두고 깐다면 작업도 쉽고 이용하기에도 매우 편리할 듯싶었다.

제제소에서 일정한 크기로 제재를 해서 송진 냄새가 상긋한 송판을 가지런하게 하나하나씩 상판으로 놓고 비릿한 쇳내가 나는 대못을 탕탕탕 소리내서 박았다. 사십여 개의 상판 하나하나에 세 개씩 대못질을 하고 맨 마지막 상판의 못질은 못통을 들고 다니며 못을 챙겨 주던 아내가 마무리했다. 서툰 망치질이지만 적당한 수분을 머금은 송판은 뾰족한 못의 침입을 순수히 받아들이는 듯했다. 작디작은 산골 도랑의 간이 다리 하나를 만드는 작업을 한 척의 큰 배를 진수시키는 듯한 기분으로 마무리한 것이다.

제재한 송판을 상판으로 사용한 때문에 농원의 자연적인 분위기를 다

소나마 흐트러뜨린 것은 사실이다. 하지만 평평한 송판이 주는 안정감이 한결 편안한 느낌을 갖게 해준다.

집 앞 화단 주위에 통나무 경계목境界木을 심었다. 경사진 지형에 집을 지은 탓에 집 앞쪽과 오른쪽은 비교적 경사가 있는 화단으로 마무리가 되어 있다. 앞쪽과 오른쪽의 경사진 화단에 차이가 있다면 오른편 화단은 비교적 큼직한 정원석으로 계단식 화단이 만들어져 있고 철쭉, 개나리, 구상나무 등 제법 자기 모습이 뚜렷한 나무로 채워져 있다.

이에 비해 앞쪽의 화단은 집 앞으로 난 오르막을 따라 차츰 좁아지면서 삼각형의 경사진 모습을 하고 있다. 그리고 경사가 진 길쭉한 화단에는 잔디패랭이, 구절초, 상사화 같은 풀꽃 종류가 심어져 있다. 그런데 길과 화단이 만나는 부분이 불분명해서 경사진 화단의 흙이 길 쪽으로 흘러내리고는 했다.

그래서 시간을 두고 궁리한 것이 오르막길과 화단의 경사진 면이 만나는 경계 부근을 위아래로 잇는 물리적인 경계를 만들어 주는 방안이었다. 경계물의 재료로는 정원석이나 시멘트 블록, 통나무 토막, 철물 따위의 여러 가지를 생각할 수 있었다. 다만 이 재료를 구하는 데 있어서는 가급적 자급자족의 원칙을 견지하여 비용을 최소화하고 환경 친화적이며 주위의 모습과도 잘 어우러지는 결과물을 만들어 낸다는 생각에서 통나무 토막을 사용하기로 결정했다. 지난해 겨울 뒷산에서 벤 나무를 솎아 내서 보관해 두었던 낙엽송과 올 겨울 땔감으로 준비했던 참나무 등걸 중에서 곧은 것을 잘라 내어 사용했다.

직경 다섯 치 정도 되는 낙엽송과 참나무를 한 자가 넘는 길이로 잘라 한 자 정도를 땅속에 묻고 약 십 센티미터 내외의 나무토막이 땅 위로 올라오게 했다. 나무를 알맞은 크기로 재단하고, 이곳저곳에 작고 큰 돌멩이가 묻혀 있는 땅을 파고, 나무토막이 튼튼하게 자리를 잡도록 통나무 아래쪽에 작은 돌멩이를 채워 주고, 윗부분은 흙으로 채워 단단하게 밟아 주는 등 아내와 함께한 일이 하루 종일 걸렸다. 이렇게 해서 이제 길과 화단의 경계가 분명해지고 길은 길다워지고 화단은 화단다워졌다.

　　나의 땀과 노력이 들어간 작은 구조물 두 개가 탄생한 것이다. 보잘것없는 모습의 통나무 다리와 통나무 경계목이지만 몸소 일하는 즐거움이 배어든 정겨운 것들이 아닐 수 없다. 손수 가꿈을 통해 농원이 조금씩이나마 다듬어지고 있다. 나도 모르게 뿌듯함을 느낀다. 🔳

취미가 된 풀베기, 덤불 걷어 주기

무슨 신청서나 설문서의 빈칸을 채우면서 으레 취미는 독서나 음악 감상, 등산 따위를 그때의 기분에 따라 적당히 적어 넣고는 했다. 혹 매니아적일 정도로 심취하여 두말 않고 자기의 취미가 독서나 음악 감상이라고 말하는 사람도 있을 테지만 사실 독서나 음악 감상을 취미로 하지 않는 사람이 몇이나 될까?

독서나 음악 감상 같은 것은 너무나 상투적이라는 생각이 들기도 했고 또 나 자신이 이 분야에 이렇다 할 만한 애정이나 깊이 있는 이해를 가지고 있었던 것도 아니었다. 그래서 얼마 전까지만 해도 새롭게 빈칸을 채울 일이 있다면 적어도 여행이나 내가 몇 년 전부터 시도해 왔던 색연필로 야생풀꽃나무 그리기 같은 것을 써넣으면 그럴싸 하겠다는 생각을 해 보았다. 진정 자기가 좋아하면서 즐기는 것이 무엇인지를 조금씩 알게 되는 것 같다.

그런데 적지 않은 그간의 산촌 농원 생활이 취미마저 바꿔 놓은 것 같다. 나의 취미가 풀베기나 덤불 걷어 주기라고 말한다면 아마도 대부분 의아해할 것이다. 우선 어떤 분류에도 그런 취미 항목은 볼 수도 없었고 또 들어 본 적도 없기 때문이다. 더욱이 그런 성가시고 힘든 일이 어떻게 취미가 될 수 있을까 하고 생각하는 사람들이 필시 더 많을 것이기 때문이다.

전적으로 옳은 말이다. 누가 풀베기나 덤불 걷어 주기와 같은 재미없는 일을 취미라고 할 수 있겠는가. 누구든 그것은 노동이지 결코 취미나 재미를 느껴서 즐기면서 할 수 있는 일은 아니라고 말할 것이다. 지금 이 순간까지도 내가 풀베기와 덤불 걷어 주기가 취미라고 조심스럽게 말할 수 있게 된 데 대해 나 스스로가 이해하기 어려운 구석이 없지 않다. 그러나 풀베기와 덤불 걷어 주기가 취미가 되었다고 말한다고 해서 크게 이상할 것도 없다는 생각이 든다. 스스로가 이제는 어느 정도 인정을 하고 있기 때문이다.

주로 초여름부터 시작해서 한여름이 다 갈 때까지 하게 되는 풀베기나 덤불 걷어 주기는 고된 일임에 틀림이 없다. 쉴새없이 흘러내리는 땀을

훔쳐 내며 텁텁하고 후텁지근한 수풀 속을 종횡무진하는 일은 예삿일이 아니다. 가시나무와 넝쿨풀이 엉켜 있는 덤불을 걷어 내는 일도 생각만큼 쉽지 않다. 언덕길, 도랑둑, 산 섶과 과수나무 아래의 모든 풀을 베어 내고 덤불을 걷어 낸다고 하더라도 이로 인해서 생겨나는 경제적 이득은 아무리 따져 봐도 손익계산서상에 올려지지가 않는다.

또한 한 번의 풀베기로 정리된 농원의 모습을 지켜나갈 수 있다면 다행이겠으나 이를 기대할 수는 없는 일이다. 풀은 하루가 다르게 자라나서 언제 그랬냐는 듯이 금세 무성해진다. 그래서 누군가는 이를 두고 '풀과의 전쟁' 또는 '잡초와의 전쟁'을 선포해야 한다고 말하지 않았던가? 여름에 들어서면서 한차례 풀을 깎은 뒤 불과 이 주 내지 삼 주 후에 풀들이 다시 자란 모습을 보면서 낙담을 하지 않은 때가 한두 번이 아니다.

어찌 저리도 풀은 잘도 자라는지…….

누가 눈여겨 보아 줄 일도 없는 농원 구석구석을 그리 힘들여 깎아 주고 걷어 주어 가꿀 필요가 있을까 하는 회의가 들 때도 있다. 하지만 반듯하고 말끔하게 풀을 깎고 나서 훤하게 트인 농원을 보면 그런 손길이 닿은 농원의 모습에 무한한 정감을 느끼게 된다.

풀베기는 가꾸어지지 않은 농원의 공간을 몇 차례고 베어 내면 되지만 덤불 걷어 내기는 다부지게 마음을 먹지 않으면 안 된다. 그 일은 마구잡이로 자라는 풀 섶 안쪽에 한결 더 야생의 기운이 넘쳐흐르는 공간을 상대로 해야 하기 때문이다. 몇 년 동안 깎지 않은 풀 섶 위로 솟아오른 청가시넝쿨, 해를 묵어 제법 줄기가 억세진 넝쿨딸기덤불, 한두 해쯤 가지치기를 생략했던 찔레덤불, 작은 나무를 뒤덮고 있는 사위질빵이나 환삼넝쿨 등을 상대하기란 결코 만만치 않다.

물론 풀베기나 덤불 걷어 내기 그 자체가 취미라고 할 만큼 재미있는 일은 결코 아니다. 그 일이 분명 적지 않게 힘든 일이지만 여러 번 반복하는 과정에서도 필요한 일이라는 것을 알게 되었고 그 일에 많은 시간과 노력을 쏟아 부으면서 나 자신도 모르게 친숙함과 애정이 쌓여 가는 것을 느낄 수 있었다.

무엇이든 끈기를 가지고 해나가다 보면 그 일 자체에서 어떤 애착과 사랑을 느끼게 되는 것과 같은 것이라 할 수 있다. 미운 정이 든다는 말도 있지 않은가? 귀찮고 성가시고 어려운 일에도 많은 땀과 오랜 시간이 배어들면 자신도 모르게 거기에 자기만의 특별한 감정이 쌓이게 되고 자기만이 되새겨볼 수 있는 느낌이 풍성하게 가꾸어진다는 것을 깨닫게 된다.

그러나 풀베기나 덤불 걷어 주기는 이러한 막연한 애정이나 느낌 못지 않게 그 일이 가져다주는 즐거움과 보람 또한 적지 않음을 체험을 통해서 느낄 수 있었다. 가시에 찔리고 예초기刈草機의 칼날에 날아오르는 풀잎 조각이나 돌멩이 조각 등을 가끔씩 얻어맞으면서도 쉬지 않고 풀을 깎아 내고 덤불을 걷어 내면서 느끼게 되는 즐거움은 한두 가지가 아니다.

우선은 무엇인가 손질을 했다는 보람과 일을 해냈다는 성취감을 느끼게 된다. 또 웃자란 무성한 풀과 넝쿨로 답답하게만 느껴졌던 시야가 트이고 나무 아래 땅 위의 공간이 훤해지고 도랑은 한결 넓어져서 농원이 정원 못지않은 운치를 풍기니 그 보람이 그지없다.

자라나고자 하는 삶과 생명의 의지는 나무, 풀, 넝쿨을 막론하고 어느 것 하나 강렬하고 절박하지 않을 수 없을 것이다. 그러나 다투어 자라나는 나무를 타고 올라 이들의 숨을 막고 목줄을 조이는 덤불을 걷어 내고 나서 마치 새 생명을 얻은 듯 제 모습을 되찾기 시작하는 생명체를 보면 다른 수많은 생명체를 무참하게 베어 내고 잘라 내면서 느꼈던 살생의 죄의식까지도 말끔히 털어 낼 수 있게 된다. 새롭게 활기를 되찾은 생명체가 건강하게 일어서는 모습을 보면 더 큰 것을 살리기 위해서 어떤 것은 안타깝지만 희생시킬 수밖에 없다는 위험하기도 하고 궁색하기도 하지만 어쩔 수 없는 합리화를 어렵지 않게 할 수 있는 그런 기분이 든다.

호불호好不好가 분명하게 엇갈리는 미국의 지도자 부시 대통령이 여름 휴가때면 고향인 텍사스주에 있는 목장에 머무르며 목장의 덤불을 걷어 주는 일을 즐겨한다는 외신 보도를 본 적이 있다. 이 보도를 보고 적어도 내가 즐기는 것과 같은 일을 즐기는 사람이 이 지구상에 최소한 한 사람은 더 있다는 것이 위안이 되지 않을 수 없었다. 괴팍한 취미를 가진 완전한 외톨이라는 말은 듣지 않아도 된다는 안도를 할 수 있었기 때문이다. 내 나름대로의 체험과 느낌 가꾸기를 통해 이제는 풀베기나 덤불 걷어 주기를 나의 취미라고 말할 수 있는 경지에 이르게 되었다고 말한다면 누군가 머리를 끄덕여 줄 수 있을까.

선뜻 동감을 표할 수 없는 분들도 나의 생각을 너그럽게 이해해 주시기 바란다.

더부살이 농사

애초부터 농원에서 보통 농사일을 생각했던 것은 아니었다.
이곳 산촌에 농원을 마련하기 전 몇 년 동안은 집 근처에 이십여 평쯤
작은 주말 텃밭을 빌려 주로 채소를 가꾸어 길렀다. 사실 채소보다는
꽃을 심고 싶은 생각이 더 많았는데, 텃밭 주인의 눈치를 보지 않을
수가 없었다.

한 해는 주인의 눈총을 뒤로하고 밭의 한 두둑에 분꽃과 노랑 코스모스를 심었던 적이 있다. 거름이 잘된 땅이라 그런지 분꽃과 노랑 코스모스가 얼마나 무성하게 포기를 키우는지 옆의 밭두둑까지 가지를 벌리는 통에 급기야는 일부를 뽑아 내야 했고, 또 떨어진 씨앗이 다시 새싹을 올리는 바람에 가을 채소 농사에 불편이 빚어졌던 일이 있었다. 그래서 그 이후 주말 텃밭에서는 꽃을 키울 생각은 언감생심 접어 두고 있었다.

하지만 이곳 산촌에 제법 농원을 마련하고 나서는 그런 눈치를 볼 일이 없어졌다. 그래서 농작물보다는 꽃이나 나무를 심을 생각에 골몰했다.

먼저 풀을 뽑아냈던 집 옆의 제비꽃 화단에는 벌개미취를 심고 창고 옆 작은 화단에는 꽈리 모종을 심었다. 그리고 나서 흑송黑松 밭 옆의 꽃다랑이 밭에는 맨 위쪽에 붓꽃 화단을 꾸몄다. 또 그 아래는 봉선화, 분꽃, 맨드라미 꽃씨를 뿌리고 산딸나무 숲 근처의 작은 자투리땅에는 쑥부쟁이와 벌개미취 씨앗을 뿌렸다. 먼젓번 도라지 밭이었던 곳에는 또다시 도라지 씨앗을 뿌렸다.

그렇다고 농작물을 재배할 계획이 전혀 없었던 것은 아니다. 어차피 주말 일손만으로 농원 전체를 가꾸어 나가는 것은 역부족이었다. 아랫마을에 살고 있는 보라네가 농원 입구 쪽의 앞다랑이 밭과 큰다랑이 밭을 가꾸어 주기로 지난 가을에 이미 이야기가 되어 있었다. 그런데 보라네가 올 봄 들어 새 집을 짓는 커다란 프로젝트를 시작한 관계로 손이 부족해지자 이 밭의 경작을 포기한 것이다. 제법 농사를 지을 수 있는 공간이 할 수 없이 묵게 된 것이다.

그러나 관리가 잘 되지 않던 땅을 대충 정리를 하고 뿌렸던 꽃씨는 유난히도 혹심했던 봄 가뭄 때문이었는지 싹을 틔우지 못했다. 그들보다 훨씬 더 자생력이 강한 잡초가 꽃씨를 뿌렸던 공간 거의 모두를 점령해 버리고 말았다. 그래서 씨를 뿌려서 꽃을 키우는 일을 올해만큼은 포기해야 할 상황에 이르렀을 즈음 자연스럽게 찾아온 것이 더부살이 농사라고 할 수 있다.

농원 맞은편 언덕 아래쪽 밭에 해마다 고추 농사를 짓고 있는 보라네가 고추 모종을 내면서 모종 한 판을 준 것이다. 부랴부랴 밭둑을 만들고 비닐 멀칭을 한 뒤 육십여 포기의 고추를 심었다. 주말 텃밭을 가꾸며 쌓아 두었던 고추 재배 경험이 조금은 있었기에 이 일이 그리 별반 어렵지는 않았다.

조금은 과수나무의 그늘이 드는 곳이라 햇빛이 부족하지 않을까 걱정을 하기도 했지만 고추는 잘 자라고 있다. 이제까지의 작황으로 보아서는 풋고추 거리는 물론 김장 고추로 쓸 수 있는 마른 고추도 충분히 거두어 들일 수 있을 듯해 보인다. 풋고추는 아주 맵지도 심심하지도 않아 먹기에 안성맞춤이다. 더부살이 농사치고는 성과가 괜찮은 셈이다.

고추가 땅 심을 받아 잘 자라기 시작할 무렵인 유월 초순, 언덕 위쪽에 배추 농사를 시작한 나래실 마을 이장님의 배려로 한 판의 노랑 배추 모종을 심을 수 있었다. 농원 중간으로 흐르는 도랑물을 길어 가는 길에 노랑 배추 모종을 한 판 가져다주었던 것이다. 이장님의 말씀으로는 이때쯤 심는 여름 배추는 칠월 말이나 팔월 초순에 수확을 하는 것으로 속을 크게 만들지 않고 겉줄기를 거칠게 키워 시장에 내는 것이라고 했다. 고갱이 속이 차지 않게 키워도 고소한 게 노랑 배추라는 것이었다.

역시 계획했던 일이 아닌지라 부랴부랴 꽃다랑이 밭의 한쪽에 다섯 줄의 고랑을 만들고 비닐 씌우기를 한 뒤 삼사십 센티미터 간격으로 배추 모종을 냈다. 고추 농사와 똑같이 더부살이로 지은 배추 농사. 밑거름이 부족했던 탓인지 이장님 밭에서 자란 배추처럼 그렇게 실하게 잘 자라지는 않았지만 한여름에 별미의 배추를 맛볼 수 있는 짭짤한 농사를 지을 수 있었다.

올해 또 다른 더부살이 농사는 들깨 농사다. 들깨 농사 역시 우연히 더부살이로 짓게 되었다.

일부러 어떤 농작물의 모종을 부탁한 것은 아니었다. 그런데 이따금씩 걸쭉한 농담을 건네고는 하시는 아랫마을 할아버지 한 분이 지나가는 얘기로 필요하면 들깨 모종을 가져가라는 말씀을 주신 적이 있었다. 씨앗을 충분히 뿌렸기 때문에 여유가 있을 것이라고 했다.

마침 보라네가 가꾸기로 한 밭이 묵게 생긴 터라 이 밭에 무엇인가를 조금이라도 심었으면 하는 욕심에서 "예." 하고 시원스레 대답을 드렸던 것이다. 몇 주가 지나고 나서 할아버지는 지금이 들깨 모종의 적기이니 가져다가 심으라고 다시 연락을 주셨다. 들깨는 묘상苗床에서 바로 뽑아 심는 것이 좋다는 가장 기초적인 농사 지식도 가지고 있지 않았던 나는 저녁 무렵에 할아버지 댁으로 내려가 모종을 뽑아 왔다.

모종을 큰 함지박 하나 가득 뽑아 주신 뒤 할아버지는 들깨 모종은 워낙 여리고 섬세해서 하룻밤만 밖에서 지나도 목을 꾸부러트린다고 말씀

하셨다. 또한 워낙 햇빛을 다투어 자라는 식물이
돼 나서 두세 뿌리씩 한데 심되 아래쪽 뿌리를 맞
추지 말고 위쪽 키를 골라서 심어야 한다며 세세
한 요령까지도 단단히 일러주셨다.

　당초 들깨를 심고자 마음먹었던 곳은 큰다랑이
밭의 일부였지만 그곳을 일구려면 시간이 꽤나 걸리기
때문에 얻어 온 모종이 망가지지 않을까 염려가 됐다. 그래서 집 맞은편
경사진 부분에 미리 풀을 뽑아냈던 곳에다가 들깨 모종을 내기로 결정하
고, 아내는 모종의 키를 맞춰 주고 나는 부지런히 모종을 심었다. 등을 구
부리고 오금을 박은 채 일일이 키를 맞추어 모종을 심는 일이란 여간 손
이 많이 가는 일이 아니었다. 아침 일찍 시작한 일을 늦은 점심때가 되어
서야 마무리할 수 있었다.

　다급하게 모종을 내다 보니 밑거름을 제대로 하지도 못한 데다가 땅도
약간 경사가 있는 곳이라 들깨가 뿌리를 잘 내릴까 내심 걱정이 되기도
했다. 하지만 옮겨 심기의 기본 노하우를 잘 실천했던 때문인지 들깨는
벌써 허리춤 높이까지 제법 잘 자라고 있다. 씨앗이 얼마나 잘 여물지는
모르지만 쌈이나 장아찌로 먹는 깻잎만 딸 수 있다고 해도 더부살이 농사
로는 이미 절반 이상의 성공을 거둔 셈이다.

　더부살이 노랑 배추 농사로 쏠쏠한 재미를 보고 나서는 아예 이장님께
가을 배추 모종을 주문해 버렸다. 며칠 전 삼백 포기쯤 되는 김장 배추 모
종을 농원 입구 쪽의 작은 다랑이를 일구어 가지런히 심었다.

초보 주말 농사꾼의 또 다른 시도이기는 하지만 한번 노랑 배추를 키운 경험이 더해진 만큼 더 잘 키울 수 있으리라는 자신감이 생기는 것도 같았다. 이번에는 밑거름까지 뿌렸으니 최소한 얌체 재배를 하는 것은 아니라고 스스로 위로를 해보기도 했다. 이제 땅의 기운을 받기 시작하는 배추가 예쁜 모습으로 자라고 있다.

엉겹결에 시도한 더부살이 농사가 없었다면 아마도 올해는 그야말로 귀중한 한 해를 공을 치고 말았을 것이다. 그간 풀꽃과 나무를 틈틈이 심고는 했지만 심어서 어느 만큼만 돌봐 줘도 잘 자라나기 때문에 키우는 재미도 느낄 수 있고 또 얼마 후에는 바로 수확을 거둘 수 있는 농사에서도 쏠쏠한 재미가 느껴진다.

우선은 이렇게 내가 더부살이 농사를 지으며 조금이나마 무엇인가를 배울 수 있도록 도와준 마을 사람들에게 많은 고마움을 느낀다. 더욱이 마을 사람들이 이런 외딴 산촌에 발을 붙인 낯선 이방인에게 쉽게 마음을 열어 준 점에 대해서는 더 크고 고맙게 생각하고 있다.

별다른 사전 준비나 지식도 없이 부랴부랴 심은 더부살이 농사 작물이 모두 생각보다 잘 자라 준 것 또한 고맙지 않을 수 없다. 이제부터는 주말 농사일지언정, 또 많고 적음의 문제를 떠나 더부살이 농사가 아닌 제대로 된 농사를 계획해야겠다는 생각을 다듬어 본다. 湘

건민이네 찰옥수수 팔기

올 봄 사월 초 건민이네가 우리 농원의 이웃이 되었다. 가까운 아랫동네까지 떨어진 거리가 오백 미터쯤 돼서 이들을 이웃이라고 하기에는 좀 먼 듯한 느낌이 있었다. 또 아랫마을 사람들은 모두 이곳 토박이인 데다 연세가 많은 분들이어서 이웃으로서의 왕래도 쉽지 않은 처지였다. 새로 이사를 온 건민이네와는 이제 삼백 미터쯤 거리로 가까워졌고 나이세도 나와 비슷해서 이제야말로 이웃다운 이웃이 생겼다는 생각이 들었다.

오랫동안 비워 두었던 집을 수리하고 주거용 컨테이너를 하나 새로 들여놓은 뒤 이사를 했지만 그 뒤에도 정리하고 준비해야 할 것들이 적지 않았던가 보다. 물길을 잡지 못해 간이 펌프를 박는 데는 여러 번의 시행착오가 있었고 오랜 동안 내버려두었던 집터를 정리하는 것도 쉽지 않았다고 한다. 텃밭으로 가로질러 나 있던 길을 산모퉁이 쪽으로 돌리고 허술한 집의 방한을 위해서 차단벽 하나를 바깥쪽으로 만드는 등 여러 가지 일을 해야만 했다.

폐가처럼 방치되어 있던 집이 새 단장을 하고 나니 그 집이 있는 언덕과 계곡 전체에 새로운 운기가 감도는 게 느껴졌다. 사람의 숨결과 발길이 있다는 점이 참으로 많은 것을 바꾸어 놓는다는 것을 알 수 있었다.

천 평 남짓할 것으로 보이는 텃밭에는 건민이네가 이사오기 전에 이미 씨를 심어 놓은 옥수수가 자라고 있었다. 아랫마을에 사시는 할아버지 한 분이 먼젓번 집주인의 밭을 얻어 소로 밭을 갈고 씨를 뿌려 보기 좋은 모습으로 옥수수가 싹을 틔울 무렵 건민이네가 이사를 온 것이다. 그래서 그간에 소요된 경작비를 지불하고 건민이네가 그 텃밭의 옥수수를 가꾸게 되었다.

왼편에 있는 농원으로 오르는 길에 들기 위해서는 오른편 건민이네 옥수수 텃밭 아래로 난 길을 지나쳐야만 한다. 그래서 건민이네 옥수수가 자라나는 모습을 누구보다도 잘 지켜볼 수 있었다. 농사를 지어 본 경험이 없다는 건민이 아버지였지만 풀도 매고 비료도 주어서 옥수수는 어느 해 못지않게 잘 자라는 것 같았다.

옥수수가 한창 꽃을 피울 무렵인 칠월의 어느 하루, 건민이 아버지는 참으로 기이한 패션으로 옥수수 밭의 김을 매고 있었다. 주황빛이 나는 양파 주머니를 머리에 푹하니 뒤집어쓰고 일을 하고 있었던 것이다. 옥수수 꽃가루가 눈에 들어가는 통에 밭매기가 무척이나 어려웠는데 마을 사람으로부터 그 기이한 비법을 전수 받아 아주 안심하고 일을 할 수 있게 되었다는 것이다.

이런 저런 사연을 간직한 옥수수는 팔월에 들어서면서 어느새 탐스런 옥수수통을 성숙시켜 출하가 이루어지고 있었다. 첫 번째 출하 준비를 마쳤다는 건민이네는 옥수수 한 자루를 들고 농원을 찾아왔다. 초여름 매실과 자두를 조금씩 들어 보라며 보내주었던 데 대한 답례인 셈이었다. 한여름의 풋풋한 옥수수를 누가 반기지 않으랴. 그야말로 청정의 찰옥수수가 아니던가. 은근히 바라기도 했던 것 같아 쑥스럽기는 했지만 이웃 간에 오가는 정을 마다할 이유는 없었다.

그런데 안타까운 일은 공판장으로 달려가서 출하를 마치고 돌아온 건민이네로부터 적잖이 실망스런 출하 결과를 알게 된 것이었다. 삼십 개들이 한 자루에 상품은 오천 원, 중품은 삼천 원으로 물건을 넘겼다는 것이다. 출하물량이 많아 지난해의 절반 정도의 값으로 경매가 이루어지고 있었던 것이다. 그리도 맛있는 찰옥수수가 그렇게 낮은 가격에 팔려 가다니 정말 안타깝기 그지없었다. 게다가 여기서 경매인 중개 수수료로 얼마를 떼고 또 경매시장에서 물건을 싣고 내리는 비용 명목으로 또 얼마를 뗀다니 남는 것이 과연 얼마나 되겠는가.

　아내와 나는 농사짓는 일이 경제적인 면에서 무척이나 어렵다는 것을 주위에서 너무도 많이 듣고 또 실제로 주말 농부로 실습을 하면서 배우고 있는 중이어서 그것이 그리 새로운 사실은 아니었지만 막상 가까운 이웃의 생생한 실상을 접하고 보니 공연히 마음이 편치가 않았다. 밭 사서 갈고 씨 뿌리고 비료 주고 김매고 수확하고 운반해서 내다 판 가격이 이토록 헐값이라면 어떻게 농사를 짓겠는가? 팔려 나간 옥수수가 어느 대형 슈퍼마켓이나 백화점의 식품 매장에서는 적어도 네다섯 배 이상의 높은 가격으로 소비자에게 되팔려질 텐데 말이다.

　대부분 극히 소규모 영농으로 이루어지는 우리 농업 생산의 경쟁력이 전반적으로 워낙 취약하다는 것과 이러한 기본적인 여건 이외에도 유통 구조상의 문제점 또한 적지 않다는 사실을 많은 이들이 알고 있을 것이다. 그렇다면 유통 마진을 최대한 줄이고 생산자와 소비자 간의 직거래를 도모하는 경우 생산자, 소비자 모두에게 돌아가는 혜택이 커질 수밖에 없을 것이다. 그럼 생산한 사람과 소비하는 이들을 직접 연결하는 방식을 활용하여 건민이네 옥수수를 좀 더 나은 가격에 팔아 줄 수는 없을까?

그래서 생각해 낸 것이 바로 생산자와 소비자 간의 직거래를 통한 옥수수 판매였다. 주중의 삶터인 우리 집 인근 지역에 살고 있는 사람들로부터 주문을 받아서 건민이네 옥수수를 팔아 보는 방안이 아내와의 상의를 통해서 나오게 되었다. 신선하고 맛있는 옥수수를 값싸게 직접 집으로 배달 받는다면 일석이조가 아닌가. 처음 말을 꺼냈던 나보다도 더 적극적인 생각을 보탠 아내 덕분에 한번 시도해 보기로 했다.

우리 동네와 그리 멀지 않은 곳에서 살고 있는 처제가 힘을 합해 이 사람 저 사람에게 연락을 취해서 사십 자루에 가까운 주문을 확보하게 되었다. 그간 이미 두 차례의 출하가 이루어져서 더 이상의 주문은 물량을 충족시킬 수도 없는 상황이었다. 사실 건민이네는 남아 있는 옥수수를 팔아도 그만 안 팔아도 그만이라는 생각이 들 만큼 기대가 꺾인 상태였다.

건민이네는 서울까지 올라와서 이 집 저 집 들러야 하는 번거로움은 있지만 어차피 남은 옥수수를 차량에 싣고 공판장으로 가든지 서울로 올라가든지 한 번은 움직여야만 했기 때문에 쉽게 서울 쪽으로 핸들을 잡았던 것 같다. 물건을 받을 사람들의 집 주소와 약도를 상세히 그려 건민이네 한테 넘겨주고, 도움을 주는 김에 우리나 처제와 같은 아파트 단지에 살고 있는 사람들에게는 아내와 처제가 직접 배달해 주기로 했다.

이리하여 무난히 건민이네 옥수수 직거래 팔기 사업을 성공적으로 완료한 셈이었다. 건민이네가 공판장에서 받을 수 있는 금액에 비해서 약 두 배가 되는 가격으로 옥수수를 팔기는 했지만 사실 옥수수 마흔 자루를 팔아서 받은 돈은 사십만 원이 전부였다. 그간에 들어간 땀과 노력을 생

각한다면 결코 만족할 수 있는 금액은 아니었을
것이다.

　다행히 배달 받은 옥수수를 맛본 사람들
중에 몇몇은 옥수수가 맛있다며 추가로 주문
을 해주는 이도 적지 않았고 내년에도 이런 방
식으로 옥수수를 판매했으면 좋겠다는 부탁의 말
을 건네는 이도 있었다. 단 한 번의 시도였지만 노력한 보람
을 느낄 수 있었고 극히 재래적인 방법일지는 모르지만 다른 한편으로는
가장 선진적인 거래 방식의 가능성을 직접 확인할 수 있는 기회가 되었던
것 같다.

　옥수수를 전해 받은 어떤 사람은 감자나 마늘도 이러한 방식으로 산지
에서 직접 배달해 줄 수 없느냐는 얘기를 하기도 했다. 여하튼 단 한차례
극히 즉흥적으로 이루어진 일이었지만 건민이네 옥수수 직거래 사업 경
험은 농산물 직거래의 이점과 지속 가능한 시장 시스템으로서의 활용 가
능성을 확인하는 계기가 되기도 했다. 일반적으로 많은 소비가 이루어지
는 주요 농산 품목을 선택해 계절적인 시차 등을 두고 품질과 가격 면에
유리한 조건으로 직거래 방식을 통해 안정적인 공급을 해나간다면 생산
자 소비자 모두가 이득을 얻는 유통 제도를 만들어 나갈 수 있으리라는
것이다. 이는 농민도 도와주고 소비자도 덕을 보며 도시의 식탁에서 온
가족이 농촌의 맛과 내음, 향수를 덤으로 얻을 수 있는 인정미 넘치는 거
래 제도로 발전시킬 수도 있지 않을까 싶다.

　덕분에 끝물에 남겨져 있던 옥수수 두세 자루는 또다시 우리의 차지가

되었다. 중개 수수료를 확실하게 받은 셈이다. 그러나 어쨌든 끝물이 되어 조금은 더 단단해진 옥수수를 먹으며 소비자에게 출하시킨 잘생긴 옥수수 못지않게 더러는 작고 못생긴 끝물의 옥수수가 더욱 맛이 있다는 것도 알게 되었다. 그 옥수수가 더 맛있게 느껴진 것은 신선한 찰옥수수를 다시 먹으려면 이제 다시 일 년을 기다려야만 한다는 아쉬움에서였을까?

배추, 무밭에 고라니 지키기

모종을 낸 배추가 땅 심을 받아 새잎을 소복이 올리기 시작할 무렵 비상 사태가 발생했다. 밤새 누군가가 배추의 새잎 순을 절단낸 것이다. 정성 스레 심어 가꾸던 백여 포기의 배추 중에서 밭둑 중간 부근에 있는 삼십 여 포기를 남겨 놓고 여린 잎 순의 중간 부위를 예리한 칼로 도려낸 듯 뜯 어먹은 것이다. 어지럽게 흩어져 있는 발자국이 제법 큰 산짐승의 짓임을 짐작할 수 있게 했다.

잎을 갉아먹은 모양과 밭 주변에 흐트러져 있는 발자국으로 보건대 멧돼지와 같은 거친 산짐승의 소행은 아닌 듯했다. 땅 위에 고스란히 남아 있는 어지러운 발자국의 형상을 보니 삼사 센티미터 정도의 길이로 양쪽으로 갈라진 발바닥이 아마도 뒷산에 사는 사슴이나 고라니의 것으로밖에 볼 수 없었다.

필시 고라니의 짓임이 분명해 보였다. 고라니가 이전에도 몇 차례 농원 이곳저곳에 내려온 것을 본 적이 있었기 때문이다. 고라니가 사람을 보고는 사뿐사뿐 뛰어 숲 속으로 사라지는 모습이 어찌나 가볍고 경쾌했는지 사슴이 사라진 곳을 쳐다보며 한동안 말을 잊고는 했는데 그들이 이런 소행을 저지를 줄 누가 알았겠는가.

지난해는 무공해 배추를 키워 보겠다는 욕심에서 이른바 무농약 재배를 시도했는데 옮겨 심은 배추의 새 순이 올라오자마자 벌레들이 공격을 해버린 통에 적지 않게 낭패를 본 적이 있었다. 초기의 벌레나 병해의 피해를 물리칠 수 있다면 무난할 것이라고 생각했는데 뜻하지 않은 복병을 만남 셈이었다.

삼백여 포기쯤 배추를 심었던 지난해는 몇 사람과 나누어 먹고도 여유가 있어 올해는 백 포기 정도만 잘 가꾸어도 충분하다는 생각을 하고 있었다. 그래서 농원 입구 쪽 큰길이 인접한 도랑가의 작은 다랑이에 심었던 것을 올해는 꽃모종 다랑이로 쓰고 있는 밭 한 편을 정리해서 조금 더 작은 면적에 배추와 알타리무를 심었던 것이다.

그런데 이 모종 다랑이는 산 섶과는 불과 삼십여 미터밖에 떨어져 있지 않아 쉽게 산짐승의 공격 대상이 될 수 있는 위치에 있었던 것이다. 그나마 온전한 모습으로 남아 있던 삼십여 포기의 배추는 그 다음날 다시 가보니 대부분 짐승의 먹이가 되어 버린 뒤였다.

그러나 아직 남아 있는 알타리무를 위해서도 뒷짐만 지고 서 있을 수는 없었다. 그렇다고 무슨 뾰족한 수가 떠오르지도 않았다. 밤잠을 안 자고 망을 볼 수도 없는 일이고 철조망이나 목책을 만들어 이들의 침입을 막기도 생각처럼 용이한 일은 아니었다.

문득 생각해 낸 것이 언젠가 텔레비전에서 보았던 동물의 영역 표시 방법이었다. 흔히 동물이 자기의 권역을 과시하는 방법으로 자신의 배설물을 이용한다는 것을 어느 책에선가 읽은 것 같기도 했다. 사람의 것만큼 확실한 건 없을 것이라는 막연한 생각에서 두세 차례 배뇨를 배추와 무밭 주변에 하지 않을 수가 없었다. 정성스레 가꾸어 키우고자 하는 것을 어떻게든 지켜야 한다는 강박관념이 유치하기 그지없는 방책을 도모하게끔 했다.

우연인지 다행인지는 모르겠으나 이 방법은 적어도 하룻밤 동안은 나름대로 효과가 있었던 것 같다. 최초의 배뇨 방책을 쓰고 난 다음날 아침까지는 남아 있던 배추 몇 포기와 거의 피해가 없었던 알타리무는 의외로 무사했기 때문이다.

됐다 싶은 마음에서 혹시나 하며 모아 두었던 요의尿意를 최대한 살려 다시 한 번 배뇨를 실시한 뒤 농원을 떠났다. 그리고 꽃모종 다랑이의 배추와 무밭이 다른 이의 영역임을 확인한 만큼 고라니가 이 영역에 다시는 나타나지 않기를 기대했다.

그런데 반신반의하며 엿새 만에 되돌아온 농원 무밭은 우려했던 대로 알타리무가 한 포기도 남지 않은 채 모두 산짐승의 먹이가 되어 버리고 난 뒤였다. 한차례 비가 내리면서 남아 있던 배뇨의 흔적은 모두 사라졌을 것이고 한번 단맛을 본 짐승은 그 나머지를 그대로 내버려둘 수가 없었을 것이다.

문제는 무밭과 조금 떨어진 곳에 심어 놓은 당근에도 입질을 하기 시작하는 것이었다. 다행히 당근을 모두 먹어치우지 않고 맛을 보듯 몇 뿌리만 파헤쳐 갉아먹은 것으로 보아 당근에는 별 맛을 느끼지 못하는 듯도 했다. 사실 그 이후로 당근에는 더 이상 손을 대지 않았다.

숲 속, 풀 섶에 무성한 나무와 풀잎이 지천인데 어쩐 일로 배추와 무밭에까지 이들이 원정을 온 것일까? 나뭇잎이나 풀잎 모두가 이제는 억세진 때문에 더 부드럽고 맛있는 먹이를 찾아 예까지 온 것일까?

여하튼 배추의 고소한 맛과 사각거리는 느낌, 무의 쌉쌀하면서도 달콤한 맛을 여러 차례 즐겨 보았으니 이들이 어떻게 배추와 무의 맛을 잊을 수 있겠는가? 더구나 배뇨 방책의 허점을 간파해서 다른 영역을 침범해도 별 탈이 없다는 것을 알고 말았으니 이 농원에서 배추나무 농사는 이제 다시 시도하기에는 어려운 일이 되고 말았다.

야생 동물의 침범을 막기 위해 목책이나 철책을 세울 수는 있겠으나 이 농원을 그렇게 폐쇄적 · 배타적인 공간으로 만들고 싶은 생각은 없다. 하루 종일 망을 볼 수도 없다. 그렇다고 그들을 모두 찾아 잡아들일 수도 없는 일이다.

결국 선택할 수 있는 방법은 이들과의 공생을 받아들이고 내가 어느 만큼 손해를 감수하는 것이다. 이들과 이 자연의 공간에서 함께 사는 것이다. 농원에서 상징적으로나마 가꾸어 먹고 싶은 배추나 무를 재배할 수 없다는 것은 내 입장에서는 분명히 손실일 수 있다.

그렇지만 내가 공존의 길을 선택하는 경우 그렇지 않으면 곤란해질 수 있는 많은 일들이 모두 풀리게 된다. 이들이 농원을 좀 더 가깝게 찾아든다면 농원은 야생의 공간과 사람의 공간이 만나는 자연의 접경지대, 프런티어Frontier가 될 수도 있을 것이라는 생각을 해본다. 결국 이것은 나의 손해가 아니라 더 크고 가치 있는 자연의 유산을 보존하는 의미 있는 일이라는 거창한 생각을 해보기도 한다. 🪧

눈 덮인 장작 마당

장작 마당에 쌓인 눈

신년 초부터 사흘이 멀다 하고 내리고 또 내린 눈이 아직도 녹지 않고 두껍게 쌓여 있다. 일주일 전에 이미 입춘이 지나고 꽤나 따뜻한 날이 며칠 있었는데도 나래실아침농원은 온통 눈으로 뒤덮여 있다.

농원이 북동편 쪽으로 경사가 진 지형이어서 기온이 웬만큼 올라가지 않으면 눈은 쉽게 녹을 것 같지 않다. 또 그리 깊지는 않지만 고도가 있는 산중이라 서울보다는 아침저녁의 기온이 삼 도 정도 더 낮기 때문에 앞으로도 꽤 오랫동안 농원은 눈 덮인 모습 속에 있을 것이다.

농원 집 앞길 위편에 적당히 자리잡았던 장작 마당도 눈 속에 파묻혀 그 흔적을 찾아볼 수 없다. 패다가 남겨 두었던 나무등걸 더미와 미처 간추려 놓지 못한 잔 나뭇가지 더미만이 부분적인 모습을 드러내고 있다. 통나무 토막을 올려놓고 도끼질을 하던 와이자형의 큼직한 나무등걸은 물론 자잘한 토막 장작들은 모두가 눈 속에 숨어 버렸다. 요란한 굉음을 내며 고속의 회전을 하던 엔진톱의 울음소리도, 아래쪽 도랑 계곡 멀리까지 단속적인 마찰음을 만들었던 도끼질 소리도 하얀 눈 속으로 모두 사라져 버렸다.

장작을 패던 평평한 장작 마당의 눈밭 위에는 뭇 짐승의 발자국만이 이런 저런 방향으로 흩어져 있다. 겨울 땔감을 마련하기 위해 나무토막을 자르고 도끼질을 하며 잦은 발걸음과 일을 했던 흔적은 어디에서도 찾아볼 수 없다. 눈이 아주 손쉽게 모든 것을 원시의 상태로 되돌려 놓은 것이다.

겨울 준비는 겨울이 오기 전에

이렇게 두터운 눈이 쌓이고 보니 새삼 깨닫게 되는 것이 있다. 겨울 준비는 겨울이 오기 전에 미리 해두어야만 한다는 것이다. '유비무환有備無患'이라고 흔하게 하는 말이 있지만 미리 충분한 장작을 준비해 놓지 않았다면 적지 않은 낭패를 보았을 것이라는 생각이 든다.

우선 허술한 농원 집의 추위를 이겨 내기 위해서는 석유 보일러에 의한 난방만으로는 부족하다. 웃바람, 외풍이 있는 거실에서 생활하려면 난로의 훈김에 크게 의존해야 하는데 난로에 불을 지피기 위해서는 적지 않은 양의 땔감이 필요하다. 그런데 땔감이 떨어져서 장작을 이 눈 구덩이 속에서 준비하려면 보통의 일이 아니라는 것을 쉽게 짐작할 수 있다. 장작마당이 깊숙한 눈에 파묻혀 있는 것은 둘째로 치더라도 나무등걸을 구해 와야 할 산록에는 더더욱 많은 눈이 쌓여 있기 때문이다. 설사 나무를 구해다가 장작을 만든다 해도 물기를 가득히 머금은 나무가 토해 낼 매콤한 연기를 생각하면 그 또한 유쾌할 수만은 없다.

다행히 올해는 비교적 여유 있게 준비해 둔 땔감 덕분에 유난히도 춥고 눈이 많았던 한겨울을 무난히 날 수 있었다. 지난해 여름 여기저기에서 솎아 낸 과수나무, 병들어서 베어 낸 대추나무, 폭풍우에 쓰러진 뽕나무, 뒷산에서 잘라 온 죽은 낙엽송과 소나무 등 크게 힘들이지 않고도 땔감을 준비할 수 있었다. 또한 햇빛이 잘 드는 베란다는 장작을 보관하는 데 아주 적합한 장소가 되어 주었다. 베란다는 알루미늄 틀의 유리 섀시로 되어 있어서 물기가 많은 생나무를 빨리 말리는 데 아주 좋은 조건을 제공한다.

설사 추위가 그리 맹렬하지 않다 하더라도 장작은 산중의 농원에서 겨울의 정취와 온기를 돋워 주는 난로의 땔감으로서 더할 나위 없는 겨울의 필수품이라고 하지 않을 수 없다. 난로를 피우지 않더라도 농가의 담벼락 또는 행랑 처마를 따라 가지런히 쌓아 놓은 장작더미는 보기만 해도 얼마나 따스하고 정겹게 느껴지는지 모른다. 또한 올해 땔감으로 지펴지지 않은 장작개비는 그들의 몸과 마음을 더욱 깨끗이 비우고 가볍게 하여 돌아오는 새 겨울의 한밤에 더욱 맹렬한 불꽃을 태우며 타오를 것이다.

이래저래 난로의 땔감이 되는 장작은 겨울이 오기 전에 미리미리 충분히 마련해 놓을 일이다. 뿐만 아니라 석유 보일러의 기름 탱크도 한겨울이 오기 전에 가득 채워 놓을 일이다.

기름 탱크의 게이지가 아래쪽으로 쭉 내려가 있다. 이럴 줄 알았으면 기름을 아끼고 난롯불을 좀 더 지피는 것이 좋았을 텐데. 기름 탱크가 바닥을 드러내기 전에 기름차가 접근할 수 있을 만큼이나마 농원 안길의 눈이 녹을지 알 수가 없다.

만능 초보 수리공

농원 생활 이 년이 채 못 되는 사이에 자칭 돌팔이 기술자, 만능 초보 수리공이 됐다. 아파트 생활을 하면서는 못 하나 박는 것까지도 수리 센터의 아저씨 손을 빌리는 경우가 보통이었다. 그런데 농원 일을 하면서부터는 여건이 그와 같은 편안한 상황을 만들어 주지 않았다.

이러한 여건에서 여러 가지로 생기는 문제들을 스스로 해결하다 보니 만능이라고 하기에는 거리가 있지만 웬만한 것은 이것저것 변통할 수 있는 요령이 생겼다. 또 웬만한 일은 외부 기술자의 힘을 빌리지 않고 스스로 해나갈 수 있는 방법을 터득하게 된 것이다.

사실 모든 것을 기술자를 불러서 해결한다면 우선 비용이 수월치 않다. 읍내에서 시오리가 넘는 외진 곳에 농원이 자리하고 있으니 사람을 부르는 건 예삿일이 아니다. 비용도 비용이려니와 사람을 불러도 제때 서비스를 받기가 쉽지 않은 경우도 적지 않다.

물론 기술적으로 해결하기 어려운 것은 사람을 부르지 않을 수 없다. 하지만 두 집 살림으로 하는 농원 생활이다 보니 농원 일이나 시설 관리에 있어서는 비용 투입을 최소화하는 자력 봉사를 원칙으로 한다는 정신 자세를 견지해 왔고 그 덕에 스스로 문제를 해결할 수 있게 된 것 같다.

제일 신경이 쓰이는 것은 수도 시설 관리라고 할 수 있다. 상수도가 보급되어 있지 않기 때문에 집에 딸려 있는 창고 안에 지하 관정管井을 뚫어서 설치한 자동 펌프 시설을 이용하고 있다. 음료수는 물론 농원의 위생수, 농용수 등을 이 수도에 의존하기 때문에 이 시설을 많이 이용하지 않을 수 없다. 이용이 많은 만큼 자연히 문제점 또한 자주 발생한다. 모터가 노후되어 펌프 전체를 교환해야 하는 일부터 자동 작동 스위치 고장, 물을 보관하는 블록 부분의 동파 등의 문제가 발생하기도 한다.

모터 전체가 고장나는 경우에는 펌프 모두를 교체할 수밖에 없지만 부분적인 곳에 이상이 발생하는 경우에는 이를 처치할 수 있는 요령을 어느 정도 터득했다. 자동 작동 스위치는 몇 천 원만 주면 대체 부품을 구입할 수 있기 때문에 이를 간단히 교체해 주면 그만이다.

지난해 겨울 영하 이십 도가 넘는 강추위 속에서 얼어터졌던 블록은 하마터면 많은 돈을 주고 모터 전체를 교환하는 과잉 수리의 우를 범할 수도 있었다. 다행히 시내의 펌프 도매상을 찾아 문제를 상의하니 블록만 교환해도 제 기능을 되찾을 수 있을지 모른다는 조언을 들었다. 그리고 부품 가격도 만오천 원 정도로 비교적 저렴했다. 작업에 필요한 공구를 몇 개 사기는 했지만 펌프 몸체와 한 덩어리인 줄로만 알았던 블록을 분리 해체해서 교체할 수 있다는 것을 알게 되고 이 부분만을 교환함으로써 고장을 수리할 수 있었다.

기술자를 불렀으면 필시 펌프 전체를 교환하고 십여 만 원의 비용을 지불해야만 했을지도 모르는 일을 슬기롭게 대처한 것이다. 정상적으로 가동하면 십 년은 쓸 수 있다는 펌프를 거금을 들여 설치한 지 불과 일 년도 되지 않아 새로 교체해야만 하지 않을까 하는 생각에 얼마나 마음이 찜찜했었는지 모른다.

이런 경험은 우선 웬만한 고장은 스스로 해결할 수 있다는 자신감을 갖게 해주었다. 또한 특히나 눈이 무릎 깊이까지 쌓이고 도랑물마저 꽁꽁 얼어붙은 엄동설한에 펌프가 고장나지 않도록 잘 보살펴야 한다는 귀중한 교훈을 얻기도 했다.

겨울이 빨리 찾아오고 또 그 길이가 긴 농원에서는 난방 보일러의 기능이 절대적으로 중요하다. 개스 스토브와 장작 난로가 있기는 하지만 결코 여기에 의존할 수만은 없다. 기름 보일러의 가동이 중단되면 모든 것이 꽁꽁 얼어붙을 수밖에 없다. 그래서 전기 공급 및 자동 점화 장치의 예비 퓨즈 확보, 보충수의 정기적인 공급, 보일러실 보온 등 여러 가지 사항을 항상 점검하고 이상이 있을 시는 미리 조치를 취해야 한다.

겨울 동안 동파 방지와 기름 소비의 절약을 위해 난방용 순환용수에 부동액을 투입하는 것은 아주 유용하게 활용할 만한 노하우라고 할 수 있다. 지난 겨울에는 일 갤런 정도의 부동액을 넣고 그 혹심한 추위 속에서도 동파를 면할 수 있었다.

난로를 놓는 일은 기술적으로 보자면 그리 어려운 일은 아니다. 그러나 이는 가만히 앉아 있어도 중앙 집중식으로 각 집에 편리하게 공급되는 아파트의 난방 시스템을 생각하면 적잖이 귀찮고 성가신 일이 아닐 수 없다. 그리 까다로운 일은 아니지만 이 역시 스스로 할 수 있었다는 것에 뿌듯함을 느꼈다.

도랑 위에 놓여 있는 나무다리만 하더라도 한 사람이 겨우 건너갈 수 있는 폭에 스무 자 정도 길이의 짧은 다리에 불과하다. 그러나 나무를 다듬거나 만지는 일이라고는 아무것도 해보지 않은 처지에서 어설프지만 다리 하나를 만들었다는 것이 스스로도 기특하게만 여겨진다.

도랑 양쪽 둑을 연결해서 세 줄로 걸쳐 놓은 낙엽송 교골橋骨은 이웃 농원에서 얻어 오고 이 인치 두께의 교판橋板은 적당한 크기로 잘라 제제소에서 구입을 해온 것이다. 통나무를 적당한 간격으로 정렬해 놓은 뒤 비슷한 크기의 교판을 일정한 간격으로 못으로 고정시켜서 만든 작은 구축물에 불과하지만 다른 기술자의 도움을 받지 않고 스스로 그것을 만들었다는 것이 신기하게만 느껴진다.

주위에 흔한 나무를 이용해 무엇인가를 만들 수 있다는 것을 나무다리 만들기를 통해서 경험했다. 이와 같은 맥락에서 시도한 것이 화단 경계목 설치 작업이었다. 지난 겨울 뒷산 숲에서 솎아 낸 낙엽송을 이용해 화단과 도로변 사이에 경계를 만든 것이다.

직경 다섯 치 정도의 낙엽송 원목을 삼십여 센티미터 크기로 잘라 이십오 센티미터는 땅속에 묻고 오에서 십 센티미터 정도는 위로 드러내서 화단과 길의 경계를 구분하고 경사진 화단의 흙이 쓸려 내리는 것을 방지할 수 있게끔 한 것이다. 십오 미터 가까운 길이에 백여 개의 나무토막을 사용했다.

특히 낙엽송의 토막을 내고 땅속에 깊숙이 박혀 있는 돌을 파내고 나무토막을 심는 데 아내가 많은 도움을 주었다. 아내까지 보조 기술자로 동원하여 만들어 낸 정원 시설을 보며 이제 무슨 다른 일을 벌일까 궁리하게 된다.

아직 본격적인 농사를 시작한 것은 아니기 때문에 각종 농기계를 구입하거나 운용하지는 않는다. 그러나 농원 일에 필수적인 엔진 예초기나 엔진톱 등을 사용하는 데 있어서도 소소한 관리를 필요로 한다. 톱날의 날을 세우고 아주 무뎌진 톱날을 교체하는 등 농원 일이 아니었으면 생각지도 않았을 일들이 이제는 예사로운 일상의 일이 되어 버렸다.

　해야 할 일이 많고도 많은 농원 일. 많은 인력을 투입해도 경제적 가치로 따져 보면 항상 기대치 이하의 성과밖에는 거둘 수 없는 농사일. 사람을 사거나 기술자를 불러서 일을 해서는 손해 이상의 결과를 초래하게끔 되어 있는 것이 작금의 농사 현실이다.

　날씨, 시장 여건 등이 웬만큼 따라 주어야 겨우 최소 임금 수준의 인건비를 건질까 말까 한 것이 일반 농촌 거개의 처지가 아닌가 싶으며, 그 처지마저 날로 더 어려워지고 있다는 것이 많은 사람들이 같이 느끼고 있는 생각인 듯하다.

　더구나 이런 상황에서 스스로 기술자나 수리공이 되지 않고는 버텨 나갈 수 없는 것이 현실이라 하지 않을 수 없다. 그래서 비록 나와 같은 아마추어 농사꾼이 아니라 하더라도, 구태여 우리의 농원과 같이 읍내에서 멀리 떨어진 외진 곳이 아니라 하더라도, 어디에서나 농사를 짓는 사람들은 만능 수리 기술자나 수리공이 되어야만 할 것이라는 생각이 든다.

　이와 같은 필요는 우리 농원에도 예외가 아니다. 외따로 떨어져 있는 데다가 자력 실천의 원칙을 지키며 농원을 가꾸어 나가는 데 있어서 이 문제는 절실한 필요이자 당면한 현실이라 아니할 수 없다.

　다행스러운 것은 이와 같은 필요와 요구가 주말 농원의 일을 취미의 한 방편으로 즐겁고 보람되게 경험하는 가운데서 어느 정도 충족되어지고 있다는 것이다. 아마도 앞으로 더 많은 일이 있을 것이다. 이제까지 해온 것처럼 일이 생기는 대로 하나하나씩 배우고 익혀 나가는 자세로 문제를 해결해 나갈 것이다. 🔲

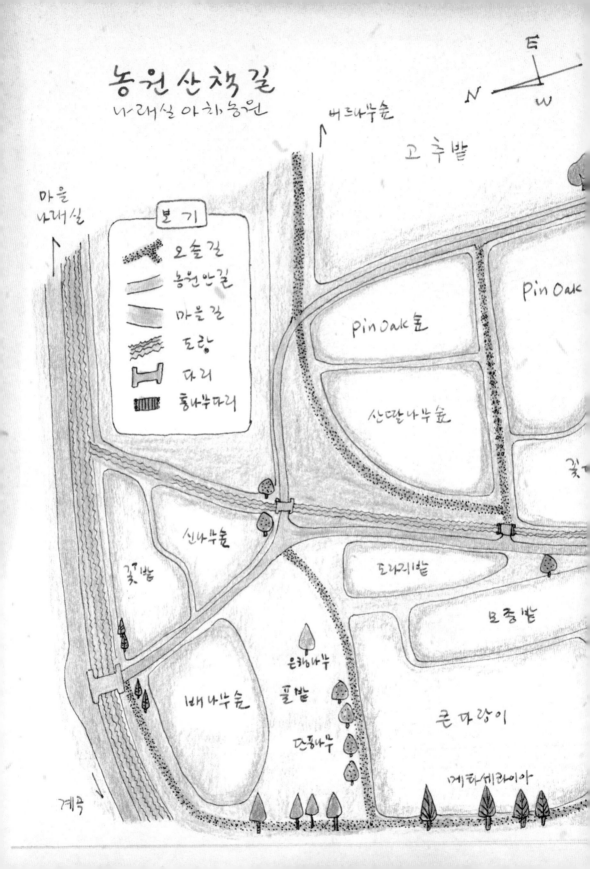

산책

보잘 것이라고는 사실상 아무것도 없는 농원이지만
산책을 나서는 나의 마음은 항상 설렌다.
기분이 내키는 대로 발걸음을 옮길 수 있고,
마음 내키는 대로 생각의 틀을 만들어 나갈 수 있다.
나무를 살피기도 하고 숲을 보기도하며, 가슴을 펴기도 하고
머리를 들어 계곡 아래 먼 하늘을 바라보기도 한다.
문득 어떤 사람의 얼굴이 떠오르기도 하고 스쳐 지나가는 생각이
가슴속을 찾아들어 가만히 와 닿기도 한다.
언제나 비슷하게 옮겨 놓는 발길이지만 단 한 번도
무료하거나 지루하게 느껴지지 않는다.
무엇인가가 새롭게 다가오고 같은 대상이라 하더라도
매번 다른 모습으로 나에게 다가오고는 한다.
산촌 농원을 호젓하게 거니는 것은 그저 아무런 느낌이나
생각이 없다 하더라도 마냥 즐겁게만 느껴진다.

아침 농원 산책

매일 아침 제일 먼저 시작하는 일과는 아침 산책이다. 비나 눈이 많이 내리거나 무척이나 추울 때는 간혹 아침 산책을 거르기도 한다. 또 뒷산을 오르는 일로 산책을 대신하는 경우도 없지는 않다. 하지만, 일주일에 하루 정도밖에 가질 수 없는 아침 산책의 기회를 놓치는 것은 결코 원하는 바가 아니다.

매일의 아침이지만 하루가 다르게 깨어나는 새로운 아침의 기운을 느끼며 신선한 공기를 호흡한다. 하루하루의 모습이 다르게 다가오는 농원의 느낌을 만끽하며 농원의 안길과 밭두둑 길, 오솔길, 언덕길을 걷는다.

마을이 내려다보이는 산등성, 방갓산과 물미 쪽으로 오르는 계곡과 그 위쪽에 자리한 봉우리, 계곡의 양편을 따라 나래실 마을 쪽으로 흘러내리는 산등성, 가꾸지 않고 내버려둔 경사진 들녘, 아래쪽으로 멀리 내려다보이는 마을의 모습, 사람들의 발길이 느껴지지 않는 농로, 이들은 길을 따라 걷다 보면 쉽게 볼 수 있는 것들이지만 모두가 딱히 새롭거나 특별한 것은 있을 수가 없다. 그러나 그것들 모두가 결코 지루하거나 심심하게 느껴지지 않는다.

먼저 집 문을 열고 나서면 붉은 아침노을의 잔영이 채 가시지 않은 동편 하늘이 산뜻하게 느껴진다. 하늘에 떠 있는 몇 조각의 흰 구름이 손에 잡힐 듯 가깝게 퍼져 오르기도 한다. 날이 갠 날 운이 좋다면 동편 계곡 아래 겹겹의 산등성 위로 붉게 떠오르는 해를 맞이할 수도 있다.

발길이 제일 먼저 향하는 곳은 집 위쪽 오른편에 자리하고 있는 소나무 동산이다. 지난해 가을 주변을 답답하게 압박하던 버드나무 잡목과 온갖 넝쿨덤불을 걷어 낸 덕에 남아 있는 소나무들이 활기를 찾고 동산다운 모습을 만들어 가고 있다. 소나무는 이제 막 잎을 갈기 위해 솔가리를 떨어뜨려서 로제트Rosette 모양으로 가을 자람을 하고 있는 파란 풀을 살짝 덮고 있다.

이 년에 한 번씩 잎갈이를 한다는 소나무는 연중 이때 나무 중심 가지부터 잎을 갈기 시작해서 약 절반쯤 솔잎을 떨어뜨린다고 한다. 이 시기에 소나무는 나무줄기에 수액의 상승을 억제시켜 떨어뜨려야 할 솔잎들이 쉽게 떨어지도록 하는가 보다. 그간 푸르렀던 솔잎의 색깔이 신선한 기운을 잃고 기진한 모습을 하고 있다.

소나무 숲 아래에 난 오솔길을 따라 위쪽으로 오르면 붉참나무의 한 종류인 핀오크Pin Oak가 자라고 있는 작은 산 섶이 나타난다. 우리에게는 낯익지 않은 핀오크나무는 짙붉은 색 혹은 짙은 고동색으로 단풍을 물들이고 있다.

작은 핀오크나무 숲이 끝나면서 계곡이 두 줄기로 갈라지는 위쪽으로는 제멋대로 자란 떨기나무와 넝쿨풀이 뒤엉킨 수풀이 시작된다. 이십여 년 전까지만 하더라도 사람들이 살았다는 말이 믿어지지 않을 만큼 그 위쪽의 계곡은 거칠고 어두운 숲을 만들고 있다. 이곳에서는 계곡이 좁아지고 양편의 산등성이 높아진 때문에 아랫마을도 내려다보이지 않고 오직 산과 숲만의 자연 속에 파묻히게 된다.

다시 길을 되돌아 내려와 소나무 동산이 시작되는 부근의 다리를 건너면 병꽃나무보다 억새의 무리가 더 무성한 밭을 돌아 예전에 나무꾼들이 구루마를 끌고 다녔을 것으로 보이는 산 섶 주변의 길을 따라 농원에서 마주 보이는 동편의 언덕에 오르게 된다.

이 언덕에 이르면서 항상 눈여겨보는 것은 산 섶 덤불 아래에서 자라고 있는 처녀치마의 모습이다. 눈이 녹기도 전에 푸른 싹을 올려 이른 봄꽃을 피우는 처녀치마가 덤불 그늘 아래 여기저기 자라고 있는 것을 알고 있기 때문이다. 덤불 아래의 어두운 그늘 속에서 햇빛 한 점 받지 못했을 텐데 이 늦은 가을까지도 짙푸른 잎새를 달고 있는 것을 보면 신기하기만 하다. 또 다행스러운 것은 그들이 아직까지 누군가의 손을 타지 않고 그 자리를 지키고 있다는 것이다.

산 섶과 연이어서 언덕을 내려오는 길섶에는 짙은 자주색 풀 섶을 만들고 있는 산딸기나무가 있다. 지난 여름 동안에만 엄청난 키를 키워 제법 무성한 잡목의 숲을 만들고 있다.

집 맞은편 언덕의 농로에서는 나래실 계곡이 훤히 내려다보이고 건너편의 이웃 건민이네 집이 마주 보이고 방갓산의 봉우리와 산자락이 모두 한눈에 들어온다. 또 농원의 집이 있는 서편으로는 이미 잎을 지운 과수나무 무리와 굴곡이 져서 흘러내리는 도랑, 꽃과 나무를 심어 가꾸는 솔밭, 모종 다랑이, 꽃 다랑이, 작은 다랑이, 큰 다랑이의 밭 자락이 훤히 내려다보인다.

언덕을 내려가는 길 왼편의 붉참나무 숲 언저리를 따라서는 올 봄에 심은 여남은 그루의 소나무들이 제법 뿌리를 내린 듯 생기 있는 모습을 보여 주고 있다. 길섶 곳곳엔 일찍 꽃잎을 지운 개미취의 멀쑥한 마른 꽃 대궁들이 쓸쓸한 모습으로 서 있지만 쑥부쟁이와 산국은 제철을 맞아 각기 선연한 하늘색과 샛노란 빛깔의 꽃을 피우고 있다.

큰 뽕나무 한 그루가 서 있는 경사진 언덕길 아래쪽에는 옅은 황갈색의 마른 풀잎으로 변한 수크렁 풀 무더기가 이슬을 흠뻑 머금고 있다. 장화를 신은 발길이지만 무릎 위로 부딪히는 풀대가 머금고 있는 이슬이 바짓가랑이를 차갑게 적신다.

언덕길 아래 오른편 밭에는 늦여름 한순간 훌쩍 키를 키운 여뀌가 무성한 풀숲을 이루고 있다. 아랫마을에 살고 있는 이장님이 검정콩을 심은 밭이지만 콩 포기는 조금도 보이지 않고 자주색의 잔잔한 꽃을 피우고 있는 여뀌가 크게 웃자라 바다처럼 넓게 펼쳐져 있다.

여뀌가 잔잔한 파도를 이루듯 풀숲을 이루고 있는 넓은 밭 아래쪽으로는 수확기를 맞고 있는 율무밭이 또다시 넓게 이어져 있다. 지난해 고추를 심었던 밭의 땅 심을 회복하기 위해서 아랫마을의 보라네가 윤작으로 율무 농사를 지은 것이다. 무엇이든 같은 모습으로 무리를 지어 정연하게 자라고 있는 것을 보면 아름다워 보인다. 내 키보다도 높게 자란 율무가 마치 무성한 갈대숲의 모습과도 같이 부드러운 황갈색으로 물들어 있다. 고른 키로 넓게 펼쳐져 있는 율무밭은 계곡 아래쪽에서 밀려 올라오는 아침안개에 쌓여 서정미 넘치는 한 폭의 그림을 연상하게 해준다.

언덕길 막바지쯤에서 농원 쪽으로 만나게 되는 산딸나무 숲은 짙붉은 색으로 잎을 물들이기 시작하고 있다. 여름내 푸른색으로 달려 있던 산딸나무 열매는 분홍 장밋빛 또는 짙은 자주색으로 천천히 익어 가고 있다.

언덕을 내려와 농원 입구 쪽의 농원 안길로 다시 접어들면 오른쪽의 작은 수풀 속에 노랑빛으로 잎을 물들이는 큰 뽕나무 두 그루와 붉은 빛이

섞인 홍단풍을 만드는 신나무 무리를 만나게 된다. 왼쪽의 큰 다랑이 밭둑 자락에는 단풍이 절정을 이루고 있는 단풍나무들이 아침안개 속에 더욱 새뜻한 색색의 단풍 빛을 뿌리고 있다.

　여기에서 마음이 끌린다면 농원으로 들어오는 다리를 건너 농원의 아래 또는 위쪽의 마을길을 걸어 볼 수도 있다. 마을의 큰길이라고 하지만 사람의 발길이 느껴지지 않는 길의 풀 섶에는 이때쯤 어디에나 얼굴을 내미는 쑥부쟁이와 산국의 모습을 쉽게 만날 수 있다.

농원 입구의 아래쪽 길목에서 올려다보는 방갓산과 방갓골, 물미 계곡은 절정을 이루고 있는 활엽闊葉 단풍의 다채로운 채색으로 황홀한 풍경을 연출한다. 산봉우리부터 물들기 시작한 단풍이 산허리 아래쪽까지 완전히 내려와 화려하고도 부드러운 색감의 산색을 유감없이 펼쳐 보인다. 모든 것이 각각의 색으로 물들어 변하고 있는데 변함이 없는 것은 푸른 소나무뿐. 뒤늦게나마 푸른빛을 빼앗기기 시작한 산자락 아래의 낙엽송 무리는 밝게 물드는 단풍 숲에 풋풋한 청량제 역할을 해주고 있는 것만 같다.

나래실 개울과 접하는 농원의 도랑물 섶을 따라 일제히 한쪽으로 고개를 향하고 있는 갈대 무리가 깊은 가을을 맞고 있다. 도랑둑을 따라서는 억새가 은회색 머리 깃을 역시 일제히 한쪽으로 돌리고 가을바람과 햇빛을 맞이할 준비를 하고 있다.

다시 농원으로 되돌아 들어오면서는 오른편 큰 다랑이 밭 자락의 개울 쪽 어깨를 따라 걸어 보는 것도 괜찮다. 별다른 볼거리가 있는 것은 아니지만 농원 안쪽의 길을 걷는 것보다는 개울 쪽의 물소리를 들으며 걷는 둑길에서 좀 더 호젓한 느낌을 가질 수 있기 때문이다. 또 확 트인 밭 자락 어디에선가 가슴을 크게 벌리고 나래실 계곡의 위와 아래쪽의 경치를 다시 한 번 감상할 수도 있다. 큰 다랑이의 밭 자락을 따라 심은 벚나무가 건강하게 자라고 있는 모습이나 제법 키가 큰 수삼水杉 메타세쿼이아Meta

Sequoia의 색다른 모습을 살펴보는 것도 상쾌한 발걸음이 아닐 수 없다.

큰 다랑이의 밭 자락을 기역 자로 걸어 농원 안길로 들어서면 이제 아침 산책은 거의 끝나게 된다. 안길 맞은편으로 보이는 작은 꽃 다랑이 쪽으로 발길을 옮기면 초가을에 옮겨 심은 구절초가 제법 생기 있게 자라나고 있는 모습을 확인하게 된다. 올해는 꽃을 피우지 못했지만 새 싹을 내고 두 해째가 되는 내년 가을 이맘쯤이면 이들이 꽃을 피우고 있을지도 모르겠다.

집 앞 도랑 건너편, 흑송黑松이 모양새를 가다듬고 한결같이 푸른 모습으로 자라고 있는 솔밭을 지나 통나무 다리를 건너면 바로 집 앞 정원이 나타난다. 아침 산보는 끝이 났지만 다시 한 번 농원의 위아래와 동편 언덕, 낙엽송 숲이 울창한 뒤쪽 산자락의 모습을 훑어보게 된다.

반쯤 잎새를 떨어뜨린 산벚나무, 음지 쪽에 뒤늦게 꽃을 피운 벌개미취, 씨앗을 영글리기 시작하는 구절초, 샛노란 단풍잎을 물들이는 은행나무, 내년에 꽃대를 밀어 올릴 새순을 내고 있는 왕원추리, 한줄기 외롭게 꽃대를 올리고 짙은 하늘빛 꽃을 피운 용담, 아직도 보듬어 주지 못한 많은 자연의 모습이 눈에 들어온다.

걷는 거리를 통틀어서 일 킬로미터가 채 되지 않는 길지 않은 발걸음이지만 이것저것에 한눈을 팔기도 하고, 이런저런 딴 생각을 하기도 하면서 길을 걷다 보면 아침 산책에는 한 시간이 훌쩍 넘는 경우가 보통이다. 때로 카메라를 들고 풀꽃이나 나무, 안개 낀 모습이나 해가 뜨는 광경 따위에 셔터를 눌러 대다 보면 이보다도 훨씬 더 많은 시간이 걸리기도 한다.

아침을 산책하며 농원을 걸을수록 풀포기 나무 한 그루의 모습이 새롭게 보이고 그때마다의 느낌이 항상 새로워진다. 이제까지 하찮게만 보여지던 많은 것들이 사뭇 달라 보이고 그들이 내 자신에게 더욱 가깝게 다가오는 듯한 기분을 느끼게 된다. 농원의 아침 산책, 그것은 어떤 보약보다도 좋은 운동이요, 새로운 생각의 창을 열어 주는 사색의 행로이자 내 마음의 묵은 때를 씻어 내는 성스런 씻김의 의식과도 같은 것이다.

캠프벨 농원의 추억

월슨Wilson 씨의 초대를 받아 그를 방문한 곳은 보통의 도시 주택이 아니라 캔버라Canberra 시내로부터 약 삼십여 킬로미터 거리의 한적한 시골에 위치한 농원이었다. 사전에 이렇다 할 이야기를 듣지 못한 상태였기 때문에 뜻밖이 아닐 수 없었다.

캠프벨Campbell 농원. 이 이름은 그 농원이 자리해 있는 작은 산촌 마을의 이름 캠프벨을 따라 그냥 지어 본 것이다.

월슨 씨의 퇴근편 승용차에 동승해서 농원에 도착한 시간은 오후 여섯

시쯤. 관목의 숲이 무성한 뒷산 너머로 해가 진 뒤, 저녁의 고요가 깃들기 시작할 무렵의 시간이었다. 앞뒤의 산자락 사이에 놓여진 평지의 야트막한 언덕 위에 자리한 주택은 시골 전원풍의 냄새를 물씬 풍기고 있었다. 자연 그대로의 색깔을 드러내고 있는 나무기둥과 지붕, 커다란 통유리의 앞 창문, 집 주변을 감싸고 있는 꽃밭과 언덕 아래의 텃밭. 집 앞쪽으로 약간의 내리막 언덕이 있고 나서 관목의 숲이 시작되는 완만한 경사의 야산. 이 야산은 무게 있는 자태를 간직하고 있는 캠프벨 산의 산록으로 이어지고 있었다. 캠프벨 산자락 아래에 자리한 아늑한 저녁 시간의 농원은 모든 것들이 자연스럽게 자리를 잡고 있는 야생 정원, 잘 채색된 한 폭의 그림과도 같은 풍경 속에 있었다.

우리의 도착을 기다리고 있었던 듯 때마침 현관 앞쪽의 뜨락에서 무엇인가를 하고 있던 윌슨 씨 부인은 활짝 웃으며 우리를 반갑게 맞아 주었다. 각각 여덟 살, 여섯 살, 네 살인 크리세너, 셔피, 그리고 질리 등 세 여자 아이의 어머니인 미세스 윌슨Mrs.Wilson. 그런데 무엇보다도 특이한 것은 그녀의 모습이 아주 자연스러운 맨발 차림이 아닌가. 이를 의아하게 바라보고 있던 나에게 윌슨 씨는 농장에서는 맨발이 일상적인 차림이라고 친절히 설명해 주었다. 가급적 흙과 가까이하는 삶을 살아간다는 것이었다.

땅거미가 조금씩 내려앉기 시작할 무렵 윌슨 씨의 직장 동료이자 친구인 빌(윌슨 씨보다 나이가 조금 적은 William Hullier 씨는 빌이라는 애칭으로 불리기를 좋아했다)도 도착했다. 집 안으로 들어온 우리는 함께 거실에 앉아 큼직한 통유리로 훤하게 내다보이는 농원의 앞쪽을 바라보았다.

그런데 또 달리 인상적이었던 것은 거실 유리창 바깥쪽 바로 가까이의 뜨락에서 서로 다투듯이 피어 있는 풀꽃들의 모습이었다. 모두가 정성스레 가꾸어진 화초도 있고 들풀도 있었던 것 같다. 유리창 가까이 발 아래 바로 손에 잡힐 듯한 곳에 어떤 것들은 잔잔하기도 하고 또 다른 것은 무성도 하던 그 꽃과 풀의 모습이 지금도 기억 속에 생생한 느낌으로 되살아난다.

옅은 어둠이 내리기 시작하는 야트막한 집 언덕 앞쪽 농원은 창가의 아기자기한 풀꽃 화단과는 크게 다른 모습이었다. 약간의 평평한 농지에 연이은 경사진 언덕에 들어차 있는 키 작은 나무숲은 저녁 어스름에 싸여 암갈색의 단순한 색조를 띠고 있었다. 집 앞의 풀꽃 화단이 잘 가꾸어진 친숙親熟의 공간이라면 농원의 다른 부분은 자연 그대로의 숨결이 살아숨쉬는 야생野生의 너른 뜰이라고 할 수 있을까.

먼 숲 쪽으로는 조금 두터운 어둠이, 가까운 숲 근처에는 옅은 어스름이 내리고 있었다. 멀리 내다보이는 캠프벨 산은 마치 캔버라 시내의 한 켠에 자리잡고 있는 '블랙 마운틴Black Mountain'(캔버라에 살고 있는 사람들은 캔버라 시내 전체를 조망해 볼 수 있는 도심 한가운데의 이 산이 검은빛을 띠고 있다고 해서 '검은 산' Black Mountain이라고 부른다)과 같이 검은 자태를 간직한 채 이곳의 농원을 내려다보고 있었다.

월슨 씨의 말로는 '하비 팜Hobby Farm', 취미 농장이라고는 하지만 그 면적이 사십 에이커, 약 오만 평 정도의 작지 않은 크기였다. 대부분이 관목의 숲으로 이루어져 있는 이 농원에는 라디Rady라는 이름의 말 한 마리와 스물세 마리의 양을 방목하고 있다고 했다. 그러나 그들이 노닐거나 거니는 모습은 좀체 발견할 수가 없었다. 그런데 망원경으로 농원 앞쪽의 구석구석을 꼼꼼히 살피고 있던 빌이 캥거루의 출현을 발견해 냈다. 바로 이런 어스름이 내릴 때쯤 가끔 농가 근처에 그 모습을 나타낸다는 것이 윌슨 씨의 설명이었다. 새끼를 데리고 집을 찾아가는 듯 캥거루 한 마리가 이내 짙은 어둠이 스민 숲 속으로 사라져 버렸다. 어둠이 점점 깊어지면서 농원은 창 밖에서 들리는 새와 개구리들의 울음소리에도 불구하고 더욱 깊은 고요 속으로 빠져들고 있었다.

곧 바깥의 모습을 거의 분별할 수 없을 정도로 어둠이 두터워질 때쯤 저녁 식사가 시작됐다. 식사 차림은 농원에서 손수 재배한 채소로 만든 풍성한 야채 샐러드, 보리빵, 구운 감자와 램 스테이크Lamb Stake로 비교적 단출했지만 이런저런 이야깃거리로 식사는 밤이 늦은 시간까지 계속되었다.

캔버라 지역으로 이민을 오는 사람들을 대상으로 자원 봉사 영어 교사를 하고 있던 윌슨 씨 부인은 손님을 편안하고 즐겁게 해주는 데 남다른 재주가 있는 듯 아주 넉넉한 분위기를 만들어 주었다. 식사가 끝나갈 무렵 윌슨 씨가 서둘러 부엌으로 들어가서 손수 만들었다며 후식을 내왔다. 손님을 초대하면 반드시 그가 책임을 진다는 후식, 그리크 파이Greek Pie를 만들었던 것이다. 그날 저녁의 파이는 특히 맛있게 잘 익은 것 같다면서 좋아라 하던 윌슨 씨의 기억이 새롭게 떠오른다.

그때 내가 머무르고 있던 곳으로 되돌아온 것은 거의 자정 무렵이 되어서였다. 밤은 늦었지만 시내에서 살고 있는 빌의 승용차에 편승해서 편하게 올 수 있었다. 한꺼번에 밀려오는 피로 때문에 그날은 어떻게 잠이 들었는지 기억에 없다.

1988년 서울 올림픽이 개최되었던 해 내가 호주 캔버라에서 머무는 동안 몇 번 초대를 받은 적이 있었다. 그런데 윌슨 씨의 초대를 받았던 기억만큼은 조금도 잊혀지지 않고 아름다운 추억으로 내 마음속에 자리를 잡고 있다. 아직도 바로 어제의 일처럼 생생하게 그 기억과 느낌을 되살려 낼 수 있을 정도다. 그만큼 나에게 깊은 인상을 주었던 것 같다.

도시에서 살면서 도시 밖에서의 삶에 대해서는 거의 생각해 본 적이 없었던 나에게 하나의 새로운 눈뜸을 가져다 주었던 초대. 그것은 흙 내음을 완전히 잃어버린 채 살아가고 있는 나 자신의 모습을 단번에 깨닫게 해주었다. 또 내 고향 역시 그곳과 같은 시골이었다는 사실을 보다 새롭게 생각하고 언젠가는 다시 자연 가까이에서 살아가고 싶은 마음을 키워 나가는 계기가 되었던 것도 같다. 돌이켜 보면 지금 이곳의 나래실아침농원을 가꾸는 꿈을 갖게 한 것이 바로 캠프벨 농원의 초대에서 비롯된 것이라는 생각이 든다.

지난 한때의 일이 이런 변화를 가져다줄 수 있었다는 것이 새삼스러울 따름이다. 캔버라 구역을 벗어난 뒤 뉴 사우스 웨일New South Wales주의 한적한 시골길로 접어들어서도 꽤 오랜 시간을 달려 다다를 수 있었던 캠프벨 농원. 퀸비얀Queanbeyan이라는 작은 읍내를 지나 구공Googong이라는 이름을 가진 댐을 끼고 길을 달렸던 어느 오후의 기억이 오롯이 되살아나며 또다시 캠프벨 농원의 정겨운 모습이 살포시 떠오른다. 🪨

아내의 꽃밭

야생의 느낌. 있는 그대로 가꾸어져 있지 않은 모습. 이것이 주말의 산촌 농원이 주는 분위기라고 할 수 있다. 웬만하면 거르지 않고 매 주말마다 내려와서는 돌보고 가꾸는 공간이지만 워낙 외진 데다가 산으로 에워져 있기 때문이다.

농원에 자리하고 있는 대부분은 크고 작은 나무와 듬성듬성 무리를 이루는 다년생 풀꽃. 강하게 시선을 끄는 것도 없고 그렇게 단정하지도 않다. 그냥 제멋대로 내버려둔 공간이라는 기분이 들 때가 더 많다.

하지만 전체적인 농원의 분위기와는 사뭇 다른 작은 공간이 있다. 아내가 가꾸고 있는 두 개의 작은 꽃밭이 그것이다. 산방 왼편 아침 해가 잘 드는 곳의 작은 화단 하나와 산딸나무 숲이 있는 도랑가 쪽의 작은 도라지 밭 한 떼기가 그것이다. 산방의 뜨락과 빨래터가 있는 도랑으로 내려가는 길섶을 돌보는 것 이외에 아내의 바깥 일거리가 되어 주는 것이 이 두 개의 작은 꽃밭이다.

이 작은 꽃밭이 농원의 다른 공간과는 크게 다른 느낌과 분위기를 만들어 주는 것은 아내가 고집하는 나와는 다른 취향과 생각 때문이다. 이 꽃밭에는 언제나 일년생 화초들이 심어진다. 그것은 꽃밭의 생명은 모름지기 다채롭게 피어나는 꽃의 화사함과 즐거움에 있다는 것이 아내의 변함없는 생각이다. 거친 느낌이 지배적일수록 그런 밝고 따스한 분위기의 공간이 필요하다는 것이 아내의 주장이다.

아내는 봄이 되면 해마다 모판을 만들어 지난해 거둔 씨앗을 뿌리고 모종을 키운다. 온갖 색깔의 꽃을 피우는 백일홍 과꽃, 오래도록 샛노란 꽃을 피우고 지우기를 계속하는 금송화, 손톱에 물을 들이는 봉선화. 아내는 꽃밭의 아늑한 중간 자리에 소복하게 꽃피우는 보다 밝고 화려한 빛깔의 한해살이 풀꽃들을 애지중지 옮겨 심는다. 여러해살이 풀꽃을 키우는 것보다도 두세 배의 노력이 더해져야 하는 이들 일년생 화초들을 키우는 수고를 아끼지 않는다.

산방 옆의 이 작은 아내의 꽃밭에는 반 강제로 심은 여러해살이 풀꽃도 없지는 않다. 하지만 꽃이 피면 모두가 밝고 따뜻한 분위기를 만들어 내는 것들이다. 봄 한철 분홍빛 화사한 꽃 무리를 선사해 주는 앞쪽 가장자리의 잔디패랭이와 알프스민들레, 여름 동안 비교적 오래 꽃을 피우는 화단 뒤쪽 가장자리의 왕원추리·범부채·벌개미취, 가을 한때 연분홍 선연한 빛깔의 꽃을 피우는 키 작은 한라구절초, 도랑가 길섶에는 모란·함박·장미, 돌 틈 사이의 돌단풍과 산국 모두가 저마다 자태를 뽐내지만 아내가 가장 많은 정성을 들이는 것은 여러해살이 풀꽃들 속에 화려하게 피어나는 일년생 풀꽃이다.

산방으로부터 조금 떨어져 있는 아래쪽 도랑가의 도라지 밭에도 모판에서 키운 백일홍과 노랑코스모스 따위의 한해살이 꽃들을 심어 놓았다. 한여름이면 온갖 빛깔의 백일홍, 노랑빛의 코스모스, 갖가지 꽃색의 과꽃, 그리고 하양과 파랑색의 도라지꽃이 여름부터 가을까지 화사한 꽃을 피운다.

도라지를 키우기 시작한 지 삼 년째가 되는 해에는 도라지를 캐낸다. 그리고 이듬해 그 자리에 한해살이 화초를 다시 심는다. 그 대신 세 해 동안 화초를 심었던 자리에는 도라지 씨앗을 뿌린다. 그래서 아내가 도라지 밭이라고 부르는 작은 밭뙈기에는 또다시 여러 빛깔의 꽃을 피우는 한해살이 화초들이 새롭게 자리를 잡는다.

손이 가지 않은 도라지 밭 주위의 언덕과 밭섶의 하얀 개망초 무리가 꽃잎을 떨어뜨리고 무성한 풀빛 녹음이 우거질 무렵이 되면 아내의 꽃밭에서는 한해살이 풀꽃들이 하나둘씩 예쁜 얼굴을 열기 시작한다. 거칠어보이기만 하는 산촌 농원의 짙은 푸름 속에서 아내의 두 꽃밭은 그 수고를 되돌아보게 하는 색다른 아름다움과 환희를 피워 낸다.

아내의 꽃밭을 바라보면서 문득 생각해 본다. 때로는 나의 취향이나 생각과는 다른 것들을 보다 아끼고 사랑하는 아내. 결국은 서로 이해하고 화해하게 되지만 때로는 서로 다투기도 하고 충돌하면서 같은 공간의 한 시간을 함께 살아가고 있는 아내. 아내는 누구인가? 그리고 또 나는 아내에게 어떤 존재인가? 이른바 영혼의 동반자, '소울 메이트soul mate'인가? 그보다는 어느 하나의 부족함을 채워 주는 '보다 나은 반쪽better half' 정도인가? 아니면 이제 어느 한쪽도 뒤로 물러설 수 없는 징글맞은 '웬수'인가? 웬수? 그래도 이십오 년을 넘게 함께 이럭저럭 살아왔는데 이건 너무 심하다. 그럴 수는 없다. 영혼의 동반자? 너무 고상하고도 차원이 높아 보인다. 삶이라는 게 그렇게 고고하거나 대단한 것도 아닌데.

아마도 아내는 나에게 아내가 가꾸고 있는 두 개의 꽃밭을 보면서 느끼게 되는 것과도 같은 그런 존재가 아닐까 싶다. 시간이 지나면서 어느새 나도 모르게 아내가 가꾼 꽃밭을 은근히 좋아하게 되고, 또 때로는 아내가 애지중지 뜨락 한 켠에 보듬어 두었던 원추리 대궁과 민들레 몇 포기가 꽃피워 내는 그럴 싸한 파격의 멋을 함께 즐기는 것과도 같은 식으로 말이다.

그렇다. 아내는 내가 미처 깨닫지 못하고 있던 나의 모자라는 많은 점들을 보태 주고 채워 주면서 아주 가까이에서 많은 시간을 나와 함께한 사람이다. 이제 나에게 없어서는 안 되는 가장 소중한 친구이자 내가 제일로 필요로 하는 삶의 동반자이자 도우미다.

그렇다면 아내에게 나의 존재는 어떤 것일까? 적어도 내가 아내에 대해서 느끼는 것만큼 나의 존재가 그녀의 생각 속에 자리하고 있을까? 궁금하기만 하다.